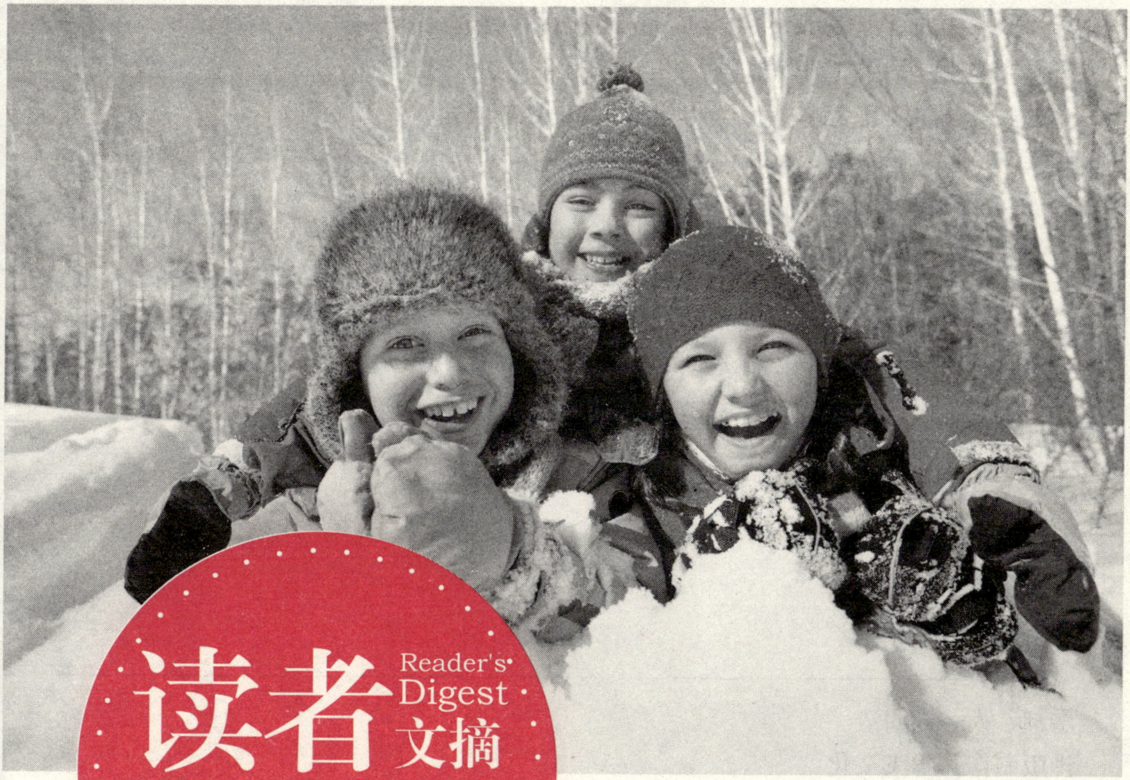

读者文摘

Reader's Digest

（情感篇）

Qinggan Pian

佳作评选精华版

成功没有彩排的机会，每一天都要以正式上场的姿态面对。琐碎的光阴，庸常的日子，读一篇读者文摘，为疲倦的身心注入新的活力。

《读者文摘》好运将一路相随！

打开柔软的心，学会付出和关爱，点燃人性中最灿烂的光芒。

在希望中前行

Zai Xiwangzhong Qianxing

黄南军 / 著

中央编译出版社

Central Compilation & Translation Press

图书在版编目(CIP)数据

在希望中前行 / 黄南军著. -- 北京：中央编译出版社，2014.2
（读者文摘）
ISBN 978-7-5117-1890-7

Ⅰ．①在… Ⅱ．①黄… Ⅲ．①散文集–中国–当代 Ⅳ．①I267

中国版本图书馆 CIP 数据核字（2013）第 274907 号

在希望中前行

出 版 人	刘明清
排版制作	腾飞文化
责任编辑	邓永标　余海伦
责任印制	尹　珺
出版发行	中央编译出版社
地　　址	北京西城区车公庄大街乙 5 号鸿儒大厦 B 座（100044）
电　　话	（010）52612345（总编室）　（010）52612371（编辑部） （010）66161011（团购部）　（010）52612332（网络销售部） （010）66130345（发行部）　（010）66509618（读者服务部）
网　　址	www.cctphome.com
经　　销	全国新华书店
印　　刷	北京盛兰兄弟印刷装订有限公司
开　　本	710×1000 毫米　1/16
字　　数	180 千字
印　　张	14
版　　次	2014 年 2 月第 1 版第 1 次
定　　价	28.00 元

本社常年法律顾问：北京市吴栾赵阎律师事务所律师　闫军　梁勤
凡有印刷质量问题，本社负责调换。电话：（010）66509618

Foreword

文/施晗

  在认识南军之前,我给他出过一本散文集——《有一种思绪叫怀念》,那时,我只把他当成一个学生看待,这并非年龄问题,而是他的文字中隐隐透露着一种义无反顾的青春情怀。一晃眼,几年过去了,我也由最初的编辑,转而成为了出版人,对书的选择,对书的出版,也有了更高的要求,更深的理解;几次南军把书稿发给我,请我出版,哪怕写点文字也算是慰藉他求进的心灵,而我的迟迟不肯动笔,惹得我自己都无颜面对自己了,如果是因为其他借口,又或者是因为无限的忙碌,我都觉得该狠狠给自己一巴掌。

  最终,巴掌没有而是拍在脸上,拍在了腿上,这是为南军的进步拍出声来的——南军进步了,南军不再是学生了,南军还在继续进步。而自己呢,已经成了一个彻头彻尾的逃避者,手中的笔僵直生硬,脑袋也空空如也,倒被逼成了悬崖上的那只独狼,环顾四野,却只剩下天地与伴。

  在时间上,我很早就出发了;在距离上,南军已经后发制人,赶超前者。

  我不敢说,文学之于某某会得到什么,文学本身就是一种内在能量的释放,无所谓得到或者失去,而能够在这条道路上坚持走下去,并不曾放弃者,需要勇气、毅力和不服输的执着,这些都集中在南军身上。从这个意义上说,他是一个纯粹的、有心的文人。

Foreword

在希望中前行

文人有水平的优劣高下,有好文人、坏文人。

暂且不说水平问题,这个很主观,谁说的都不是真理。单就好文人和坏文人来说,南军无疑是属于好文人之列;他不参与文坛的是非,不背后诋毁别人,不求、不畏、不取,这就是大丈夫所为,侠义的体现。

自然,南军曾经是一个学生,将来,他还是一个学生,只有不懈追求的人,才愿意承认自己是个学生,学生才可学无止境,一旦自认成为了老师,开始教化他人,那么他的文学生命也将就此终结。

我也真诚地希望,南军可以永远戴着学生这项桂冠,抚平身姿,敢于犯错,小心求证,不断完善自我、超越自我;在文学的思考上更加扎实一些,更加深邃一些,更加理性一些,那么我相信,不论文学还是人生,南军都将更上一层楼。

目录 Contents

第一辑　人生如歌

人生曲线 / 002

人生如戏 / 005

人生的迷雾 / 008

人生是一条河 / 012

人生如歌 / 015

人生不能没有秘密 / 018

踏过无痕似有痕 / 022

生命中的海 / 025

第二辑　生命的影子

鱼与熊掌,只是诱惑 / 028

求人不如求己 / 032

认识自己 / 036

生活的围城 / 040

不要怕,也不要悔 / 043

目录
Contents

想得开与想不开 / 047

顺其自然 / 051

生命的华衣 / 054

孤独是一种人性的高度 / 057

大　海 / 060

漫步在飘摇的红尘中　第三辑

人间悲喜剧 / 064

窗户与镜子 / 067

寻找完美的叶子 / 071

小　溪 / 075

夜听风声 / 078

十字路口 / 081

花开花谢 / 084

雨夜的寂寞 / 087

在希望中行走　第四辑

我所认识的贺静 / 90

在希望中行走 / 94

我所认识的冷凝 / 098

我所认识的向迅 / 102

灵魂的舞动——诗人唐益红 / 106

兰心,梦回千年的仙子 / 110

我的同学童碧珍 / 114

目录
Contents

第五辑　在风雨中洗礼

母亲的背影 / 118
相濡以沫 / 122
祝寿 / 126
玉树，永远不倒 / 129
伤　怀 / 132
舟曲加油，中国加油 / 135
生命的蜡烛 / 139

第六辑　爱是人生中最美丽的风景

燕　子 / 144
生日快乐 / 147
粉黛嫣然 / 151
女人是水 / 155
相遇在人海 / 159
分　梨 / 162

爱的专注与投放 / 167
走过的依然是美丽 / 171
爱了还会远吗 / 175

旅途中的思绪与怀想　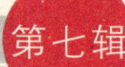

学会忘记 / 180
迟来的缘分 / 186
人在旅途 / 190
孤　树 / 193
夜的呢喃 / 196
想你，请让我静静地看你 / 199
船之旅 / 202
汽笛一声走天涯 / 205
站在思念的两端 / 209

后　记 / 213

第一辑

人生如歌

人生是个永恒的话题，漫步人生，我时常感动。尘世的风，还有风中飘动的云彩，都在牵动着我潮起潮落的心的波澜；我的沉浮，还有我的欢欣与悲苦，都在心灵的足迹里延伸。我融合着自然，自然在我的一切完美的缺陷中呈现。

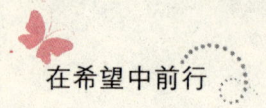

人生曲线

我们的沉浮,我们随尘土飞扬的人生,在那一段曲折中,在蜿蜒的岁月洪流里,澄清着,找寻着,认识着,升华着。

  两点之间,直线最短。但在短暂的人生旅途中,我们更多是沿着曲折的道路弯弯曲曲向前走去,追寻理想的人生坦途,寻找我们人生的一种心的方向,但美好的人生常使人感觉岁月太匆匆,太过于平静,反而在悠悠的人生路上,不断感怀曾经走过的艰难曲折的历程。那是让人一生难以忘却的情感沼泽;那是跌入生命悬崖对新生命的渴望;那是事业走向一败涂地的深深的沉思;那是人生聚散离合留下的长久的思念与愧疚。那一路的风景已经深深地沉淀在我们的心海,不时让我们心灵震撼,又使我们用激情去燃烧那个过往的岁月。
  人生的曲线使人着迷,也使人不断地追求。因为前行的道路上,会使我们不经意地遇见我们意想不到的风景,也会遭遇我们生命的洪流,有时它把我们冲向人生的谷底,有时它又将我们推向人生的巅峰。世间一切事物,归根到底都是以运动着的波浪曲线方式运转的,当我们走进宁静的夜晚,仰望天空,你会发现昨夜的满月,在缩减,在弯曲,最终在变化中成为镰刀似的弯弯的月牙。当我们倾听大自然美好的旋律,大自然的音符随

着铿锵起落的高低，在变换着刚与柔，在交替着动感与静态的张扬；还有我们生命的五线谱，随着心灵的血管流向生活的最深处，那曲折的抛物线，有时让我们激情荡漾，有时使我们哀婉惆怅，曲线中交融着我们生活的感动，曲线中使我们的生命更加富有神秘与诗意的梦想与眷恋。

  在人生的旅途中，我们往往看到蜿蜒曲折的山路，但我们心中时常装着人生的坦途，如同装载满船的星辉，在柔柔的波里去放歌。沐浴在江湖中，我们在波浪中上下起伏，环抱着我们生命里的山脉去追随，攀登着我们的人生、我们行走的人生曲线。

  在无限的风光里，很想寻找捷径欣赏山间的风景。其实所谓的捷径，就是有数百个台阶让我们前行到达山顶，当我们沿着石板路一步一个脚印的攀登时，由于坡很陡，体力消耗很大，走了一半路程就疲惫不堪，也没有心情和别样的情趣去欣赏周围的风景了。

  欣赏风景，我最喜欢走的是山间的羊肠小道，蜿蜒曲折。我们不断地走我们心中的圆，也不断地提升我们风景的高度，在漫步中，闲情逸致里我们不感到累。一个又一个圆弧在交织，一个又一个平台在牵引着我们的心的脚步，我们心灵的足迹迎合着山涧的溪水，融化着初生的朝露，沐浴着太阳的光芒，我们感觉成为了自然的一分子，成为了自然的一片绿色。

  走进自然风光里，我们都希望成为高山之巅的常青树，给予自己更多前进的动力，可在我们的生活里，常常事与愿违。生命本是一个过程，每一个生命的旅途都是平坦与坎坷的人生之路的交替。前途漫漫，成功的顶点，不一定瞬时就能得到，当我们暂时无法得到自己想得到的，何不一个又一个分割我们人生的坡度，用我们智慧的曲线去分解，去融合着我们每一个攀登的高度，这样我们还会有一颗从容的心包容我们所走过的每一片土地，那前路的自然风光与美丽也会毫无保留地呈现在我们的面前。

  小的时候，因为住在大山深处，我会对妈妈说："山那边是什么？外面的世界是不是很遥远呀？""儿呀！山那边就是一座美丽的城市，是一个非常美丽的地方。"我说："我很想走出去。"妈妈深情地对我说："你会的，迟早会有那么一天，你会走出你心中的大山。"

记得我上小学,学校就在那边山的脚下。我感到不轻松,调皮地对妈妈说:"太远了,那么多弯路,我怕走在山上迷路,我怕丛林的号角。"妈妈就严肃地对我说:"弯曲不可怕,可怕的是不敢去走,不敢融合生活的弯度,你要学会欣赏,学着自然地、轻松地走好你的每一个脚步,用你的心去丈量山的神秘、山的高度、山的曲折,走多了自然就成为你生活的路了。"

我重复地走过我生命的山脉,蜿蜒地延伸着我前行的足迹。在大山里,我成为迷雾的影子,山道弯曲提醒着我生活的真实,充实我来去的人生路。我在平坦中回味着我人生的曲线,我在曲线的人生里闪耀着我人性的光芒。

"大直若曲,大巧若拙"。人生的曲线丰盈着我们壮丽的人生,调和着我们失落的梦幻,人生的曲线将我们带向充满无限生机的自然世界里。在其中,我们会感受到生活的风雨,情感的起落,事业的低谷,还有聚散匆匆的无奈与忧叹,一切都在抛物的情怀中扩展着我们的空间。我们的起落,我们随尘土飞扬的人生,在那一段曲折中,在蜿蜒的岁月洪流里,澄清着,找寻着,认识着,升华着。

人生短暂,如同我们在晨曦中亮一下自我的身段,就飘散而去。我希望能走进人生的迷雾里、人生曲线的旅途中,在迷恋的宫殿更多地锻造自己,让自己得到一个真心的体验,感受生活的自然与真实。生活的磨砺与人生的感悟,都在曲折的人生中得到无限的延伸。

生命不可能有两次,但许多人连一次也不善于度过。

——吕凯特

人生如戏

人生就是一个广阔的舞台，我们都在扮演着不同的角色，而这里也在上演着悲欢离合、苦乐甘甜。人生如戏，戏如人生。

　　人生就是一个广阔的舞台，我们都在扮演着不同的角色，而这里也在上演着悲欢离合、苦乐甘甜。人生如戏，戏如人生。在游戏的规则里，我们逢场作戏，我们假戏真做，实则是一种游刃于世间的人生欲望的延伸，也是一种追求及时行乐的一种忘我的消遣。在不同的游戏里，有不同的套路，也会有别样的人生。

　　我们从天地中走来，在阴晴圆缺中感悟自然的变化。我们的心情，我们的人生会随着自然风雨的飘飘洒洒不断去转换。有时悲，有时喜，有时寂寞，有时热闹喧嚣，但人的一生终归是匆匆的过客，即便是人生的主角，最后也会淡化成天地舞动的灵魂飘散开来。你会更多地体会到在游戏里自己还不够娴熟，在角色里自己还不够完善，在舞台里自己还有许多人生的经典没有真正去上演，就悄然落幕，退出滚滚的万丈红尘中。许多人因此感到人生的短促，感到时光的匆匆，痛感无情的岁月将自我潮落的心泯灭。因此，在不同的人生情愫里催生出不一样的人生，不一样的角色，在游戏的连接中，有的人沉沦、有的人升华、有的人徘徊在两者之间，独自去安享自我游戏中的快乐。

在游戏的人生里，我们是自我的主角，也是人生大舞台的配角，偶尔也是生活的丑角。在不同的环境中，我们面对生活的多样色彩与形形色色的人群，从不愿去融合，到勉强去融合，再到自然去融合。在这个过程里，我们懂得生活使我们掌握着游戏的规则，也使我们懂得在规则里我们冲刺在双重人性的底线里，挣扎、挣脱。在游戏里，我如同一朵鲜艳的玫瑰花，一条游弋在江湖的鱼，一条绿草地里的变色龙，将我的色彩不断去变化，将我人生的真实小心地收藏。我忍不住透过明净的窗去凝望自己，我到底是谁，我是不是以前的我，我是不是以后的我呢？我不知道，我只知道我在精心地扮演着我的角色，甚至有时不知道是对还是错了。

感时花溅泪，恨别鸟惊心。人生的聚散离合，恩怨情仇，让我们感到矛盾与困惑，让我们有种想重新来过的欲望。生活的游戏每天都在继续，人生的舞台会随着人生四季的变迁将你的精彩，你的青春与热血，你万千的豪情抛洒在一路红尘里。我们再也回不到从前，再也无法重拾过去的欢乐，在那美好的眷恋里，有曾经的爱人陪伴你在小桥流水的石板路上，有亲朋好友的团聚，有你事业的成功，这一切，都像是梦中游戏的话剧。在你的心中，在你琴弦的拇指间轻轻地划落，那美妙的音符早已经消失在你现实的风景里，你想去追逐，在那段游戏中，却怎么也走不出来。

游戏中的世界充满着人生的自我宣泄，也充满着人生落寞的情绪。在游戏里，有时我们扮演着多样的角色，去换一个角色，又去融合另外的一个角色，在交错变化中，只有自己一个人去欣赏，只有自己去真心地聆听和感悟，唯恐自己在人海深处不能尽情地去发挥，唯恐自己因不能得到别人的欣赏与信任，而成为人海的陌生过客。

我们在游戏中，并不是刻意去将自我的真情隐藏，而是为了在人生的方向，为了在人生的大舞台里能演绎更多地精彩，而将自我的性情、自我的喜乐、自我的追求暂时留住。在游戏规则的人生里，我们不能说太好，也不能说不好，但要始终真心明了自己将会拥有什么样的人生，什么样的人生高度，什么样的人生情怀，还有什么样的人生价值，这有助于我们在游戏的世界里有一个全新的体会和感悟。在游戏中我看清了自己，在自我的身心中我懂得了游戏中的人生。

我时常想起可心，我为她的堕落而深感可惜，也为她不能在游戏的人生中好好地把握自己前进的方向而痛心。她本性是善良的，但又是游离多变的，因为她承载不了太多的寂寞，因为她需要更多地色彩来填补内心的空洞，因为她需要有一个或几个帅哥美女能陪伴在她身边，让她在交感神经里，在现实的舞台里，使她品尝到美味佳肴，能让甜言蜜语时刻充盈着她的芳心。

可心出来打工多年，见惯了世间的风雨，在18岁的时候就许身别人。听她说感到新鲜，感到刺激，感到从没有过的快乐，之后又交往过很多的男友，在25岁的时候就草草地找了一个并不是太了解的男人结婚。由于自我骚乱的心迫使着她想冲出来，之后在宁静的家的氛围里生活了几年，还是毅然地走向遥远的南方。可心说，她喜欢男人，喜欢不同趣味的男人，喜欢和他们在一起喝酒，打牌，唱歌，去茶馆喝茶。我不能苟同她游戏人生的态度，觉得无论是一个男人还是一个女人，都要懂得自尊、自重、自爱，而不是每天在歌舞升平的世界里找不到人生的方向，不要只为了及时行乐，自我消遣，而忘记人生的责任，忘记人生真正情感的意义所在。其实你在游戏人生的同时，人生反过来把你自己也游戏进去了。

我喜欢游戏的世界给人带来的真心的欢乐，也喜欢在游戏中真实地感受到人性的关怀，我时常感动游戏中亲人离别的泪花，也深知岁月的无情在洗刷着我们人生中的灰尘。在游戏中使我真实体会到得失与祸福，总是令我们喜忧参半，我一直在追寻我游戏中真实的人生，在游戏的规范与自然中，我找寻着自我，也成就着自我。

人生就是一个广阔的舞台，我们都在扮演着不同的角色，而这里也在上演着悲欢离合、苦乐甘甜。人生如戏，戏如人生。

生命不等于呼吸，生命是活动。

——卢梭

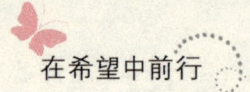

在希望中前行

人生的迷雾

我喜欢人生的迷雾，就像喜欢我人生的神秘和未知的旅途一样，会让我偶尔去探索。

踏着清晨的露珠，淋浴着自然的清新，我们走进一个充满迷雾般的世界中。在充满迷幻的空间里，那空中雾化的烟尘随着来去的生命潮汐涌动起伏，那是心灵的波动在轻轻地迷雾聚拢又轻轻地隔开。雾来了，人却散了，人来了，雾已经走远。我犹如在雾里看花，又如同在清晰的视野里行走，想重新融合到迷雾的混沌之中。我不知道自己是否清醒，还是在自我的世界充满着人生的迷雾，在缥缈若纱的虚幻影像里，在找寻着心中的海市蜃楼，在渴望着迷雾散尽的你会融化我的世界，给我一个真心，给我一生最为壮观的人生美景，走进去，我在穿越，我在求索。

走进迷雾中，我常被眼前的风景所迷惑，远方的山与我身边的河流都仿佛在雾的舞动中变化着各自的颜色，有时近，有时却很遥远。在我的心里，那潺潺流动的河水像长长的飘带飘向遥远的层层的关山日月里，那远处的山散发出诡秘的迷雾般的潮气，在清冷的风中拥抱着我，将我带向那高山悬崖峭壁间，使我真实懂得在雾中世界我所追寻的神秘源泉以及我需要探求的未知世界实在是太多，而我就像融入自然的迷雾中的一粒尘埃，

第一辑 人生如歌

永远也走不出自我的天地,永远也只能在一定的空间与领地里去踏寻弯弯曲曲的生命旅途,在不得其解的释文与感悟中短暂飘摇地过一生。

在飘摇的人生迷雾里,我们找不到真实的彼岸、忽隐忽现的丛林、飘动的谜团,高耸入云的山,还有那陡峭的山与山相连的空隙都已经连接成一片迷雾,等待着我去深深地、忘情地投放其中,等待着我展开生命的翅膀去遨游这片既充满人生诱惑,又充满着无限人生幻象且神秘的空间。有时感觉迷雾韵味悠长,就像悠长的山水画,浓淡夹杂其中,水墨将其点缀得层林尽染。我走进风光中,走进云雾相连的空间,我轻飘飘地飞扬着自我落寞的情绪,还有我想走却无法真实的走的缘由,是迷雾在映染着我的心扉,还是尘世的染缸在变化着我生命的色彩,是迷雾在阻挡着我人生的方向,还是尘世的风将我吹向那心的一隅。在不得伸展的处女地里尽情地旋转着我失落的梦。那缥缈的雾,那飘散的人生泪花和着层层的迷雾,在雨露的滋润下,在初升的太阳光里走向深邃辽阔的大地。

我们仿佛经常走进去不想出来,在迷雾的空间,是自我寥落的心不愿意让自己清晰的再现,是自我人生的脚步走在看似万条路却永远也走不完的归途,那一条条、那一道道心灵的坎。在迷雾的谜团里,它在悄悄地牵引着你无奈的身心在上下左右的临界的人生空间冲刺着,每当向前走一步,你才发现远离着你人生的方向,远离着你憧憬的美好风景。在迷茫中,在模糊的视线里,真心希望能有一个人陪伴着我,相互搀扶,相互安慰与勉励,相信迷雾终究会远去,光明终会划破黑夜,远方的你和我也会更加靠近,更加融合。

人生的迷雾使我们有更多地感伤,而不是简单地为了欣赏风景而去留住我们心中的风景。迷雾总是在黑暗与光明的交叉地带存在着,如同潮湿的季节里总会让我们孤单的身心在潮来潮涌的海的世界扬帆,但风帆依旧,只要我们在浪涛汹涌的海上找寻到我们的生命的航向,改变自我落寞的情绪,远离生命的暗礁,远离心海的一片片的迷雾,穿过了,走过了,徜徉过了,又会是一片崭新的人生空间。

在人生的空间,我们需要迷雾来装点我们的世界,就像生命中没有风雨，又怎么会有阳光；没有彩虹，怎么会感受到折射的人生光芒。迷雾是一团雾化的人生风景，迷雾是人与自然真实的衔接，在迷雾中，在不断地找寻着自我的方向，你不断在自然的芳心里沉淀，在不断地融合着自然，又在不断将自我独立在寒秋的人生季节里，欣赏着，品味着，那心中的一团雾，那心中永远也飘不散的云彩。

生活中的迷雾很多，常让我们郁结于心，让我们愁思缕缕，并且在一定时间段忘记了自我的方向，游离在迷雾的世界里，走马观花，却很难真心地还原自我的真实、自我复苏的情感。沉湎其中有时是为了一种心灵的抗争，有时是为了一种新的人生追求，而欲盖弥彰，将过去的一切都慢慢淡化在那烟雨的迷雾里，也许看过去的迷雾，就像我们生命中所走过的每一步，走过了，心境犹存，但已经不复存在，就像迷雾一样总会散去，那份阴影，那可怜可叹的风景中在光芒的大地中消散，再去追赶也失去我们本真的自然。

但我喜欢人生的迷雾，就像喜欢人生的神秘和未知的旅途一样，会让我偶尔去探索。因为在清新的早晨，在万籁俱静的空间，我能找到心与心的对话，就像与大自然更多地亲近，更多地去融合一样；也能使我在浓烈的迷雾中发现自我世界的渺小，走进去就没有我的影踪，可我一直在找寻我生命的影踪，在找寻我不得快乐的根源，在找寻我为什么不得永恒的遗憾，也许就像自然的迷雾一样，总会有个聚拢，也总会有个消散一样，自然的一切尚且如此，何况人自身呢？我为何要去悲观失望呢？能留住就去留住，就像迷雾一样，在超脱的人的眼里就是一道美丽的风景，在世俗的人的眼里就是阻隔在自我窗户上的一层屏障，你看不见它，它也无法懂得明白你。迷雾就是我们人生的一把锁链，打开她就能穿越心灵的黑暗，打开她就能打开一切沉积的沙漠，生命的绿洲就近在我们视线里。

迷雾轻轻地走来，又轻轻地淡去，就像我们人生的迷雾一样，会轻轻地走进来，又会悄然地离开我们的世界。它像永恒的人生风景一样，使我们真实地看待自己的人生，又看到美丽的大自然，在自然的风景里，迷雾包揽我们心中的痛苦与忧患，包揽我们前进中的得与失，包揽我们生活中

 第一辑 人生如歌

的遗憾，一切的美在人生的迷雾中竞相扩延开来，恬静着我们美丽的人生。

>>>
生命是一条艰险的峡谷，只有勇敢的人才能通过。
——米歇潘

在希望中前行

人生是一条河

我们每天都会有乘兴而归，也会有悄然离去的时候。但生命的河，总是像一条条潺潺的溪水相互融合，相互递增，相互积蓄我们生活的感动，一切的一切都在岁月的流逝中竞相地扩展开来。

  人生是一条河，是一条永远流动而没有尽头的河，也是一条从有限的生命旅途走向无限的心灵世界的河流。她从遥远的天际走来，最后又回归到心海的世界中去，在奔流不息的岁月里，时时使你心灵静谧无声，时时又使你汹涌澎湃。周而复始地流淌在你心灵的沙漠和平原沙丘以及山涧的沟壑。

  跋涉在生命的河中，我们迂回曲折地流淌，一直摸索着向前行走着，就像一匹脱缰的野马自由呼吸着清新的空气。在一片片开阔的平原，在那深深的高山低谷，在那一望无际的大草原，还有无比荒凉的戈壁、沙漠之间穿梭，如同生命的绸缎在天地之间勾画着多维的立体空间。还是那一条河，还有那生命的河床里延绵不断地牵引，一起感受着大自然的变迁，有时宽阔，有时狭窄，有时急流勇进，有时平静如水，在孤独与彷徨中，在落寞与忧郁里，偶尔也会迷失方向，重新回到从前，然而再也找不回过往的潮汐了，只有生命的浑浊与清凉的泪滴撒满归去来兮的征途。

  我们经常洗涤着自身，感受着天地风云雨水，需要生命的水来聚集生命的能量，也需要大自然来亲身抚慰心灵。我其实是很脆弱，是生命的激流荡漾着我内心的波澜，是寰宇世界的神秘使我不断地向前寻找着我生命的答案，我那不得而知的希冀与渴望，因为我迟早是要涌向那一片海的。我感到我很被动，很压抑，很痛苦，当然也有苦痛过后的欢欣，可这一切都在生命的旅途中，我不能停留，不能静静的观赏和真心的留住我爱恋的风景，感觉我只能从大自然的温床里缓缓地流过，只能在她温柔的波涛里泛起一丝生命感动的涟漪。我打湿着我的衣襟，在水里，仿佛是鱼儿，你看不到我的眼泪，实际上我已经深情地流过，可我还是无情地走过，是天地的沧海桑田，是世间的纷繁复杂，在阻隔着我们彼此之间的距离。爱过，在曾经的芳草地里，在曾经一次又一次被遗忘的角落，我怅然地回眸凝望着我那得失的风景，你已经看不见了，在那遥远的海的世界里我沉醉了。

在生命的河床里前行，在人海如潮的世界里，我不得不沾染红尘，不得不将自己染上五彩斑斓的色彩，让我暂且去偷欢，去游离在江湖，又忘情在江湖。很多时候，我都不知道真实的我的存在，只知道随波逐流，随大自然的春华秋实世故着我的世故，冷落着我的冷落，实际上在那长长的轨迹里，我生命中唯一的方向就是永远地流向远方，流向生命的最深处，那是一江春水向东流，那是人生长叹的东逝水，我不敢回头，走过的已经走过，因为我是再也不能重新来过。

我时常感悟着我的人生，在我的人生的长河里，我时常不能左右我自己，我是渺小的，无非只是大自然的一分子，一个生命的组合，一个让我时常欢欣又让我痛苦的生命载体，可我还是喜欢徜徉在人生的河里不愿意归去。我喜欢生命的浪花，也喜欢生命的逆流，让我能理智而又冷静地处理我前行的脚步是否已经深深地扎根，是否错失着生活的航向，而且我一直努力地真心融合着江河的气息，不畏惧艰险，不惧怕长路漫漫带给我遥遥无期的失落。我觉得我是欢乐的，欢乐的瞬间也会拥有难以言语的苦痛，但终归是短暂的，因为我一直融入在生命的洪流中，一直在随着此起彼伏的波浪中不断地扬帆，一直在不断地追寻着生命的足迹，在现在和未

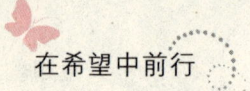
在希望中前行

来的时间轨道中牢牢地把握着自己，欣赏着自己，宽慰着自己，也终将成就着一个真实的自我，那就是人生中永远奔流不息的大河。

人生是一条河，我们每天都会有乘兴而归，也会有悄然离去的时候。但生命的河，总是像一条条潺潺的溪水相互融合，相互递增，相互积蓄我们生活的感动，一切的一切都在岁月的流逝中竞相地扩展开来。

生命的河使我们一直真心地流淌着，使我们感受着生命的潮起潮落，终有一天我们会融合在心灵的大海上，会在一望无垠的海上收获我们的得与失，我们的哀婉与惆怅、我们的孤独与寂寞，都会演绎成我们一生中从未有过的平静与和谐，还有无比的幸福与成就感，那会是我们永远的方向。你听，人生中那一条河又在我们心中缓缓地流过，带着你和我走向远方。

生命如同寓言，其价值不在于长短，而在于内容。
——塞涅卡

# 第一辑 人生如歌

人生如歌

歌声，使我激昂，使我心灵为之震撼，使我添加着生命的羽翼，高傲地在天空中飞翔。

人生就是一个闻歌起舞、踏歌而行的过程。每一个人降临人世间那一声号哭，实则是有幸落入凡尘的欢欣雀跃，哭中带着对世间的神秘与莫名的恐慌，也带着对人生之初的希望与怀想。歌者，是对自我情感的宣泄，也是对自我情绪的化解，更是对人生旅途的困惑，各种情感融合其中。歌中不乏伤感之词，曲调委婉悠长，然更多地时候是在痛苦的暂时停歇中寻找一丝快乐的踪迹，你会轻松地吟唱，欢快的节奏融入其中，就像泉水叮咚，从高山流水间倾吐着万丈激情，随着你的心高低起伏，流淌向江河里。

不同的时代会有不同的歌谣，也会有不同的音韵交相辉映。当我们听一曲古筝《高山流水》时，我们的心好像重回到远古时代，重新回归到大自然，重新在找寻着你真实的情感、你难以舍弃的琴瑟之欢；当我们听一首《思乡曲》的时候，我们的身心缓缓地随着音乐的节奏在江边、在旅途上行进着，就好像看到了久别的妻儿，就好像回到了我父母的身边，听着他们对我的殷切的关怀，看到家乡的风景，我抑制不住的泪水伴着歌声流

向了遥远的故乡。

　　歌声陪伴着每一个人的一生，不管是你喜欢去吟唱还是去欣赏，歌声一直伴随在我们的左右。在童年，在我们的学校，我会想起欢快的童谣，她在开启我的知识，她在教导着我走向积极健康的人生轨迹，她使我学会了许多做人的道理。在歌声中，我感受到我童年的天真、活泼、可爱，也感受到美丽的大自然赋予我无忧无虑的生活环境。我翩翩起舞，俨然是一只美丽的花蝴蝶飞在花丛中，点缀着美丽的自然和真实的童趣。

　　当我们随着人生的脚步不断地向前走去，歌声还是一如既往地在你的身边响起。它有时是一把二胡，将你的心思投影在春江花月夜的风光里，你的孤独，你的惆怅，还有你的离恨，都随着落入江底的石头而沉淀，沉淀着你的过去，沉淀着你的伤痛，沉淀你的遗憾。你会随着平静的江水流向大河，流向纵深，流到海的世界里去。当我们走在大山的深处，吹起悠扬的笛声，你会感觉到自然的清新与明快，感受到大山深处那悠远的回声，你会融合在大山的世界里。那里有你生命的绿叶，有你永远也攀登不完的山脉，有你九曲回肠的山间小道，那是一首首生命的赞歌，它在赋予你坚强，它在平和着你的心态，它在开启你走向遥远的归途，它在不断地使你贴近自然真实的世界中去。

　　生命的歌五花八门，高雅的有，粗俗的也有，欢乐的悲凉的皆有，犹如人生的七色花，它在变化着你的色彩，它在使你懂得去欣赏人生的歌声的同时，让你去分清，让你真心地筛选在不同的环境、不同的地域、不同的心境中我们如何把握歌声带给我们的是快乐的镇痛剂，还是痛苦的麻醉剂？

　　我们时常感叹对酒当歌，人生几何。在歌声的回旋中我们不小心就走过了一生，我们有时还没有好好地去轻松地对唱以及自我抒发自己自由的歌声，也没有好好的载歌载舞就走到了生命的尽头，但那美妙的旋律，还有那优雅的声音从你的心里发出，经过蓝天，经过宇宙，已经深深地融合在天地之间。你的思想，你人生的豪情，还有你声声的电波已经停留在这美丽的红尘中，那歌声还会再次响起，但我们已经走过，天空已经留下我

第一辑　人生如歌

们的痕迹。

我有一位非常好的朋友叫烟子，她不仅爱听歌，喜欢唱歌，而且能歌善舞，也特别爱写文章，并且经常看到她的文章就像一首悠远绵长的歌曲，有高低起伏，有铿锵低落。有次我问她，你为什么如此热爱歌呢？她说："在音律的世界我能找到我的灵感，我能遥想我的过去与未来，能深深地抒发我的情感，不管是痛苦的，还是快乐，不管会得到，还是终将失去。在歌声里，我好像找回另外一个自我，那里有我宽阔的胸襟，有我淡然的处世态度，有我清新的自然，有我不变应万变的心境，我在陶冶我的情操，在不断地追寻我失去的世界，也在不断地寻找新的人生坐标和落脚点。在歌声中，使我激昂，使我心灵为之震撼，使我添加着生命的羽翼，高傲地在天空中飞翔。我从歌声中感悟到人生的意义与生命存在的真谛，那就是不断地踏歌而行，勇敢地面对生活的挑战和坦然地笑对人生。"

人生如歌，在如歌的岁月里，我们一路同行，一路畅想着我们心灵的旋律。

人生就像一本书，傻瓜们走马看花似地随手翻阅它，聪明的人用心地阅读它。因为他知道这本书只能读一次。

——保罗

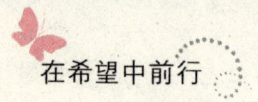

在希望中前行

人生不能没有秘密

在追寻自然的神秘与人生无限的心灵归途里，保留着各自的清香，保留着各自的芳草地，让彼此走近，在缘分的世界里去感动心灵的那一片绿的人生色彩。

　　人生不能没有秘密，自从我们走进滚滚红尘，我们在感受自然风雨的同时，也会将自我真心的扉页珍藏。我们都穿着生命的华衣在各自的凝望中、欣赏里走过我们的一生，自然的世界充满着无穷的梦幻，也充满着让你苦痛的回味，当然更多地是快乐的短暂停留。在我们的芳心里，在我们存留心灵的那一片天地，经常游走着我们的影子，在无声的黑暗，在寂寥的彩虹满天的瞬间，静静地打开你沉积的山谷，让泪水尽情地浸染你昨日的欢颜与蜕变的人生色彩。让身心暂时去轻松地灵动起来，你融合着太阳的光，还有尘世的风雨。

　　秘密时常在我们心中陪伴，就像我们难以启齿的缄语，只能让自己一个人静静去聆听，很想去诉说，可又不能说，那是对前尘往事的追忆，也是对过去美好以及痛苦的积淀。因为在那个岁月，在曾经经历的一片片散落的故事花瓣的烟雨中，就是与人倾诉，也许找不到其中的渊源，也寻求不到情感的共鸣，有时反而引起对方对你行为举动的猜疑。其实我们从一无所知、一无所有的心灵空白中，慢慢地将心中的秘密一点一点地去堆积，如同堆积我们心中的情感，还有人生的责任与重担一样，我们只有去承受，在无情的岁月里去经受时间的洗礼。有时秘密会随着四季的变迁渐渐地裸露出来，有时秘密会随着流逝的江水将自我的隐踪淡化而去，更多地会随着人生的足迹一直被带向永恒。

在我们每一个单一的人生个体里，有自我隐逸的空间。在特定的时候只有自己一个人走进来，又悄然地走出来，就像审视自我的窗口，去深深地体味自我在各个不同历史时间段留下的一串串人生足迹。面对人海的世界，面对亲人与朋友，想说却欲言又止，是担心渺小而可怜的自尊，是担心自我袒露的心迹毫无保留地展现在世人面前，是恐生更多地忧患与离愁，在沉默的世界里沉没，在沉没中抖落你不卑的灵魂。

走在人生的季节里，我们会拥有不同的人生秘密。有初恋时朦胧的情思，有寻求人生伴侣的渴望，有求学时的苦恼，还有事业的纷纷扰扰，以及家庭琐碎的烦心事，还会有一叶障目不见森林的怀想，更多地是神秘与未知的渴望与得失，如同魔术师在手中举起的魔术棒，将一个个神秘的物体去点化，又雾化般成为另外的影像，使我们的心中充满着迷惑，充满着对新的人生趣味与新的人生知识的探求。在秘密中，在不得其解的答案里我们终其一生地走，去寻找着各自不同的人生秘密，在漫漫人生征途里延续着我们美好的人生情愫。

其实在生活里我们常常扮演着魔术师的角色，只是有的魔术师善于将自我的人生经验和生活的感悟加以提炼与升华，而让自己的魔术更加新颖，更为神秘，因而引来众多的追随者。而有的呢，不仅仅将自己的一点点所得的经验全盘地抛出来，而且还将人生的道具以及技巧如数家珍地告诉周围的人，让他们也掌握自己的魔法，以为这样做，别人会加以欣赏，实际的结果并不是这样。当别人知道你的魔术，你的所谓的魔法还有心中的秘密，他们也会去做的时候，你在他们心中的地位已经越来越低，越来越没有吸引力，人们对你自然也就没有了神秘感。

不管是天地的距离，还是人与人之间的距离，都需要我们精心去维护各自神秘的家园，去精心地耕耘自我的土地，在适当的时候我们都应该保守自我的秘密，就像我们维护自己的生命一样去找到自我的去处，自我落寞的根源一样。即便当我们有一天成为知心朋友，成为人生伴侣，成为亲人，我们也不必将自己人生所有的情绪，所有的人生色彩一一地点缀出来，这样看来好像我们是很热情、很真心、很忘我的投入，可最终却会得到我们意想不到的结果。正如，水至清则无鱼，人至察则无徒，留下生活的悬念，留下人生加锁的抽屉盒，是为了更好地保护自己，是为了更好地迎接这纷繁复杂的红尘的风和雨。

娟与蓝以前并不相识，是通过介绍人的关系将彼此牵扯在一起。蓝与我是好朋友，我曾经对他说："你呀！就是心太热诚，又直爽，其实在生活中我们都应该拥有自己不被人知道的天地，这样你可以自由地呼吸你的空气，也可以将自己的美与丑放进你心的一角，想去打开时你可以随心地去欣赏。但你一定要记住，虽然你现在与娟生活在一起了，但也要保持各自的神秘，保持自己的秘密，因为当一个人对你太了解，当你的美与丑太直接与直观地袒露无遗的时候，也许在这时候，她会在心里感觉你没有先前重要。所以，你的娟就是对你再温柔，你也不要什么都去说，该说的就去说，不该说的就放在心里吧！"

蓝好像听懂我说的话，但我似乎感觉到他不是真心地明白这点，在以后的生活里，我常常听到蓝告诉我，今天娟又和他吵架了，我问："为什么呢？"还不是陈年的旧事，感情事还有以前家庭的事。""哦！是这样，我不是告诉你了吗？你要着眼你们的现在，而不是你们的过去，过去你们并不相识，发生什么样的事情那都已经成为过去式，你呀肯定又和她说了，对吧！"蓝唯唯诺诺地点头。我哀其不幸，怒其不争，人生的好坏都是自己去走的，你会拥有什么样的人生都在于你自己的语言与行为。

后来他们生活在一起没有几年就分手了，当然与蓝没有保守好自我的人生秘密有很大的关系。我只能去安慰他，希望他以后能对自己的言行负责，不要感情用事，也不要信口开河，激动起来忘乎所以。人生之中沉默是金，保守人生秘密就像保守你自然的纯真，你人生的散落在尘世的花瓣，你要懂得精心地去珍藏，藏留在你永恒的世界中去，也许是天堂，也

第一辑 人生如歌

许是地狱，都会是我们的人生旅途回馈给我们的礼物。

　　人生不能没有秘密，就像人生的梦幻一样，让我们着迷，让我们懂得在适当的时候对自己的人生反省自己、看清自己、修正自我、懂得自我、珍惜自我、更多地去珍惜别人。在追寻自然的神秘与人生无限的心灵归途里，保留着各自的清香，保留着各自的芳草地，让彼此走近，在缘分的世界里去感动心灵的那一片绿的人生色彩。

>>>

命运很像撒娇任性的女人，只喜爱泼辣果敢的人，对于他们才百依百顺，唯命是从。

——库普林

在希望中前行

踏过无痕似有痕

你在找寻着我,我在回味着你,在踏过无痕似有痕的生命旅途中,我们都成为彼此美丽的人生风景。

岁月无痕,当我们踏上自然的朝露,走向广漠的空间,在我们的视野里所能感受的还是那一片天,那一块让自己生存与发展的领地。风静静地吹拂着我的脸颊,给我似冷似寒的气息,我能感觉她的存在,但我看不见,也无法用自我的围城将来去的风尘深情地拥抱,踏雪寻梅千百度,那人却在灯火阑珊处。我寻着我生命的方向前行,我踏寻着无痕的时光绸缎,在有痕的心灵的足迹里上演着我的悲欢离合,上演着我不知道是不是结局的结局。

我们每天都在行走,用自我的心丈量深爱的大地。望一望无际的大海,思想着我曾经乘坐遨游的航船,驶向碧波荡漾的大海,汹涌澎湃的波浪沉载着我的轻盈与缥缈。我在飞逝,在推波旋转着我灵魂的翅膀翱翔,海浪过去,将我打向彼岸的那一头,我在此岸,可我的身影,我的欢笑,我的苦痛,我的迷惘与失落,还有我的希望,都深深隐逸在海的深处,永远也找不回来。踏过的心难以去停留,岁月的沧桑变化着新的容颜,今生无法用心去衔接,一切都留在心灵的海上。

在无痕的岁月中,我们在追寻有痕的生命足迹,我们为希望的肥皂泡欢欣雀跃,为昙花一现的美丽而长久地注视,为行走在沙滩上能留下深深的脚印。当我走过沙滩，站到堤岸，大海的潮汐迎面袭来，沙滩上留下深深的脚印，还有用心堆砌的沙堆，都在无情海浪的侵蚀里消失得无影无踪，我看不到来路，也找不到去处，唯有海浪在平息我藏留在内心的痕迹，踏过无痕似有痕。

在冰天雪地的隆冬，雪花像一张无形的网深深地将大地覆盖，漫天飞舞，我走进白雪皑皑的世界中，我的脚步随着雪花的飘扬在前方铺垫，又随着漫天的大雪将我留下的脚印轻轻地抹平。我在等待风雪夜归人，在等待白衣天使走进我温暖的心窝，我们在冰河的两岸滑翔。那是你我在水一方的融合，那是我们曾经相守的玫瑰家园，那是在飘来飘去的雪花中你我在寻找我们曾经心灵的旅途。一切都在雪的舞蹈里沉淀，又随着更多灵性的舞动将心灵的帷幕拉得更大，更无限地张扬。我在寻觅梅花三弄的情怀，我在踏雪寻梅中，沉溺在那一方热土，有痕的旅途都融化在无痕的广袤的天地里。

芳香依旧，而伊人远去。我时常看到宁静在山间小路徘徊着他的影踪，似乎在大山的深处找寻他心灵的伴侣。我知道许多年前，我看到他和他心爱的人一起走进这座大山，在迷雾之中，在山间的溪水旁，在丛林里，在鲜花丛中，都留下他们难忘的足迹。山还是那座山，水还是潺潺地流过那一片土地，看到那些鲜花，就像她美丽的脸，在对着宁静含羞地笑着，吐露着芬芳，我已飞过，天空没有了她的痕迹，他们留下的足印在春去秋来的季节里，早已经淡化成滚滚红尘的轻烟散化开来。

我会走近宁静的身旁，倾听他心中的故事。他和她是在广东打工认识的，由于同在一个班组，他们在共同的劳动与协作中逐渐认识，宁静比他的女友小三岁，她经常给予宁静更多地关心和温暖，使孤单漂泊的宁静得到从没有过的温馨与快乐。在那段时间，工作之余他们会常去城市的公园散步，去湖边荡漾心灵的波浪，看到远方的山，宁静盛情地邀请他的女友去他的家乡玩，并对她说："我家乡的山水更加秀丽、自然，你能去我的家乡吗？"女友欣喜地点头。回到了家乡，宁静真想女友能长久地陪伴在他的身边，能静静地融合在这大山的深处，虽然没有城市的繁华，没有了人海，但找到了从没有过的温情，寂寞的群山中，不失为人间最纯净的地方。

在以后，他们经常牵着手，在大山深处去采撷他们心灵的花朵，去溪水边游玩，倾听流动的声音，感觉山与人性的自然真情地融合在一起，但

在希望中前行

有时也能透过眼睛看到她眼睛的游离与忧思，宁静拉着女友的手说："你怎么啦？我感觉你内心很忐忑不安。"女友动情地对宁静说："我很喜欢你，也很想留在这里，但我不忍对你说，我已经结婚了，但我不爱他，自从遇到了你才使我真正找到了我的快乐，我很想忘情地投入进来，隐逸在这大山深处，没有人去走近，也没有人喧哗，只有你，唯有你就足够我以后人生的丰盈，可我觉得还是暂时得离开你，我很想把以前的婚姻了结之后，再回来，这样我的心会感到好受些。"宁静感到惶惑、茫然，也能体谅和懂得此时女友内心的矛盾与苦痛，走还是留，都在彼此心里交织着。宁静最终还是冷静地对她说："我很爱你，真心希望你地回来，我等你。"女友轻柔地点头，泪水打湿了衣襟，模糊着来去的路。

宁静忍痛送走了女友，他知道，该来的总会来，不该来的就永远不会再来。爱一个人是生命流动的江湖，在江湖里去洗涤着人生，生命总有渗透，生活总有得失，也许回来的是彼此内心的无奈，也许不回的是彼此踏过无痕的足迹，在天地中回旋。你还是朝圣的那条路，我还是向往心灵的方向，在有痕的心灵的涌动中，不时让自己真心地痛过，快乐过，后悔过。一切都成为人生自我的回顾。

踏过无痕似有痕，是我们在人生天地间一次无怨无悔的旅行，是对人生岁月匆匆难以留住青春的脚步，是对人生情感的获得与失去难以真心的呵护，是对人生经历过的一次轻轻地挥手离去。当我们真心地走过，那曾经的沧海桑田，那曾经的把酒临风，那曾经的风花雪月，都已经成为心灵的醇酒，让自我去陶醉，让自我在无痕的岁月里去沉醉于过往的那段情，那段人生的风雨，都化作生命的年轮留在了日渐消失的容颜里。你在找寻着我，我在回味着你，在踏过无痕似有痕的生命旅途中，我们都成为彼此美丽的人生风景。

如果容许我再过一次人生，我愿意重复我的生活。
因为，我从来就不后悔过去，不惧怕将来。
——蒙田

第一辑 人生如歌

生命中的海

"人不是为失败而生的,一个人可以被毁灭,但不可以被打败。"

生命是一个无限辽阔的海,我们从此岸走向彼岸,海成为我们生生不息的源泉,成为我们遨游今生与探求无限生命意义的承载体。

在海的世界,我们乘着理想的风帆在一望无际的海上飘摇,那是走向生命旅途的过程,那是人生的梦想,更是我们欣赏人生风景与感受人生苦乐年华的生命中的海。

沐浴在江河,我们都向往着海的气息,最终沿着我们生命的方向流向汪洋。在海里我们不停地泅渡,我们在波澜壮阔的海上去追赶日月。那阳光、那海滩、那海浪,融合在我们心灵的海的深处,海在阔延我们的天空,海在拨弄我们潮湿阴冷的心,使我们融合在人海,使我们追寻着海的无限博大去感召自我,诘问自我,是释怀自我不得其解的苦闷的渊源。

走进心中的海,我们推波助澜,在风起云涌的浪尖随波逐流。沿途的风景让我们留连忘返,然而更多地时候我们只注重人生的结果,而忽略了眼前无限的风光,不是我们不懂得去欣赏,也不是我们沉溺在名利的海的幽谷,而是在人生的旅途上,在无限扩大的欲望里,我们暂时将美好的人生情趣与美景抛弃在无涯的海上,我们得到了我们所得到的真实,也失去

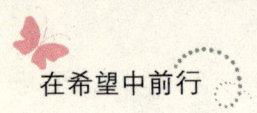

在希望中前行

了人生中不能真心回望的风情。

生命的意义，归根到底还是在于生命的过程中拓展的宽度和厚度，以及我们欣赏到领略到的生命存在的价值。在生命的长河中，我们尽情地享受自然万物的融合，尽情地品味沧桑巨变，尽情地感受多姿多彩的生命的颜色。在海的世界我们真心地采撷我们心灵的贝壳，编织我们美好的人生，那会是精神的，也会是物质的，在海天一色的世界里，我们成就着我们心灵的海。

在希望的海上，我们拼搏着人生，我时常想起作家海明威在《老人与海》中的一句话："人不是为失败而生的，一个人可以被毁灭，但不可以被打败。"其实人生不以成败论英雄，我们每一个人都融合在海中，有过失败，有过成功，但都在无限广漠的世界里行进着，海让我们平和着内心深处的骚动，让我们感受着汹涌澎湃的浪花的同时，不再为遥不可及的彼岸而让自己黯然神伤，心力交瘁。

在超脱着我们生命无限宽广的世界，如同打开生活的大门，我们走进去，走向一个辽阔的海洋，在海水中苦涩而甘甜地品味着我的人生，我咀嚼着丰富的养料给予我生命的无限原动力，我在海的世界里燃烧，我在海的世界里走向新生命的彼岸，我融化在生命的海中。

我喜欢生命中的海，不管是迎着初升的晨曦，还是黄昏的夕阳。在海上，我欣赏着海带给我的不管是寂寞还是孤独，不管是人性的升华还是坠落，我沿着我生命的方向依然前行，不管我们会不会在中途走入了迷径，看错了方向，而那人生之目标就是这丰富的横溢，不分成败的生命。

明智者创造的机会比他发现的要多。

——培根

第二辑

生命的影子

在自我的世界，我们都在找寻着本真与自然。有时迷惑着自身，有时矛盾着自我，有时在苦痛中沉沉地思索。但一切尽皆会过去，犹如在生命的河流里我们都会走过，洗涤着红尘，感悟着自我生命的色彩，在多彩的世界舞蹈着人生。

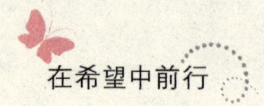

鱼与熊掌，只是诱惑

鱼和熊掌，只是诱惑，只是我们自然的风情。当我们真心走过，才发现我们应更多地是立足于我们现实而平凡的生活，把握住当下，去辛勤地播种耕耘我们的幸福吧！

　　鱼与熊掌不能兼得，二者只能选择其一。其实在我们的生活里，鱼儿也好，熊掌也罢，无非都是我们人生欲望的追求。往往我们追求到鱼，就会想到熊掌的美味，如同名利从来都不想去分家。人生就像一个争斗的舞台，今天得到了想得到的，明天也许就会失去你今天得到的。鱼与熊掌的双收，更多地只是我们生活的诱惑，终归成为人们贪婪的追求与不切现实的挣扎。其实人生是一个长途跋涉的旅行，在我们无限的风光里，有让我们感兴趣的鱼；也有让我们刺激神经，让我们垂涎三尺，感受人生快感的熊掌，想得与不得，成为不同的人们内心的需求与渴望。

　　在红尘中，我们常常为争夺名利而在苦海的深渊里不停地泅渡。面临人生的选择，我们痛心疾首，我们彷徨不定，我们心生许多人生的感叹。当我们面临身体病痛折磨的时候，我们想到更多地是能有一个好的身心；当我们面对地位与金钱的时候，我们想到先有地位，进而拥有更多地财富。在欲望无限地延伸下，红尘诱惑在不断地为你设下美好的陷阱，让你慢慢跳进去。所以对于鱼以及熊掌的得到，并不是我们想得到就能得到的，而是想让你选择什么，又让你去放弃什么。

诱惑如同一个美丽的仙女下凡，给你飘飘欲仙梦幻般的神往与追求。走近了，捕捉到了，却又在你不小心的时候悄然地远离你，实际上我们在乎的是人生的过程，在过程中我们似乎可以尽情地左右摇摆自我的人生，尽情地浏览，尽情地欣赏与选择你所爱、所不爱的原始初衷，正如我们生活中除了亲人无法去选择外，大部分事物都是可以让我们去选择。人生的角色与位置很多，当我们沉溺于官场的时候，有的人想当老板，而当老板的人有时也会想着有一天能进入官场，没有当过教授的人想去当教授。欲望的沟壑难填，欲望无限扩大，为我们生活中带来很多心灵的不平静。

在鱼与熊掌之间我们无法去真心的选择，因为今天选择我选择的，明天就会失去我所选择的。心灵的大海在向我们招手，在向我们勇敢地靠近，鱼和熊掌在一起很难和谐相处，就像我们人生的行走一样，我们走过你脚下的土地，然而你的心里早已经走过这层峦叠嶂的群山环抱，已经走到你人生另外的目的地。所以，喜欢鱼是一种对生活真实的写照，而想鱼和熊掌都能取得，只能是在现实的境遇里不断提升着你人生的高度与欲望的延伸，甚至有时是一种不切实际的想法，就算得到了，也许如同昙花一现，也会过早地凋谢。

人生的色彩很多，就像催化剂一样在催生着我们面对无限的诱惑，在诱惑面前，我们有时不小心会舍弃掉鱼，有时也会抓不到美味的熊掌，结果是两处受伤，留给你深深的怅悔和愧疚。

做一条鱼有做一条鱼的快乐的情绪与感受。鱼儿在江湖可以自由自在地穿梭在不同的环境里，虽然感觉不到自我的博大，虽然不能感受大海的潮汐带给自己更多地人生精彩，但一样可以融合在江湖里，吸收海的元素，可以欣赏到不同灵动的生命在自己身边穿过，也可以亲身体验水带给你的温柔和美妙的情趣。鱼在水里，虽然你很难去懂得它，但它依然游走在江湖里，依然在诠释着它美好的人生。

当然更多地人会喜欢熊掌，喜欢它带给人的感官刺激，带给人英雄的盛举，带给你无限的遐想，你仿佛站在高山之巅，冥想着捕捉到熊掌的欢乐与成就。其实在水中也好，在高山之巅也罢，都是我们在不同境遇里的追求，追求到了我们就应该加以去珍惜，去好好地回味，而不是今天看着碗里的菜肴，明天就想到锅里的美味，错过了人生最真实的朴实情感。最后落得个鸡飞蛋打、颗粒无收的结局。

冰非是一个非常美丽的女孩子，但有一个不太好的特占就是玩世不恭，有点儿游戏人生，而且比较虚荣，不愿意真实地去生活。早在几年前就结婚的她，一直和老公的关系不好，跑到外面独立生活几年，对家庭几乎管得很少。我曾经问她："你这样生活不好，既然爱了，在一起生活就应该好好地去珍惜美好的家庭生活，而不是以一种不负责任的态度去应付。"冰非抱怨地对我说："我这是对老公的一种磨炼，其实我也不想离婚，毕竟和他生了一个孩子，但我暂时也不想和他在一起生活，感觉外面的世界还是很精彩，在外面人还是很自由的，我可以找一个情人，可以让他为我花钱，让他来满足我暂时的需求。"我对她说："你这样做不好，这样对别人、对你的家庭都是一种伤害。"冰非呵呵地笑着说："没有办法，鱼和熊掌我都想得到，我都想体验，我感觉这样的诱惑，能使我的生活增添更多地色彩，能让我暂时快乐起来，我不管将来。"我真诚地对她说："鱼是诱饵，熊掌也是诱饵，人的欲望像熊熊燃烧的大火，任其烧下去，或者生生地扑灭，入眼的都是灰烬。"

人们都想得到鱼或者熊掌，甚至兼得，甚至鱼也要双份，熊掌也要双份，但之后呢？

所以，智慧的人往往看到眼前的路怎么去走，也知道生命的路该要走向何方。鱼和熊掌，只是诱惑，只是我们自然的风情。当我们真心走过，才发现我们应更多地是立足于我们现实而平凡的生活，把握住当下，去辛勤地播种耕耘我们的幸福吧！

价值观与人生观的不同会带来不同的结果。在生活中，我们要想鱼与熊掌兼得，只有更好地辛勤工作，只有努力地维护好自己的家园，只有珍惜彼此之间建立已久的情感，并不断地更新和修筑好心灵的堤坝。只要乐善好施，用一颗真诚的心去关心和帮助世界上需要爱和即将得到爱的人们，你就会抵挡住人生无穷的诱惑。在不同的人生岗位，当官就要为民服务，教书就要桃李满天下，经商就要慈善为本。当每一个人的一生都能这样去度过，相信人生的质感与人生的宽度将得到无限量的延伸。你是平凡的，你又是非凡的；你是寂寞的，你又是人海的一叶方舟，承载着我们永恒的希望与人生梦想。

>>>
人的生命恰似一部小说，其价值在于贡献而不在于短长。

——佚名

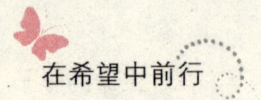
在希望中前行

求人不如求己

求人不如求己,只有通过自己的工作,努力地去生活才能换来别人对你的尊重,也换来自己人生更多地财富。

人是社会的,也是自己的。我们生活在美妙的大自然里,面临人生的风雨,我们时常感到无助,感到前路黯淡,在手足无措的情况下,我们感到忧心,感到苦痛,感觉生活中没有人真心地帮助你,关爱你。其实在这个世界上,我们每一个人无非是自然的一分子,大多是渺小且又平凡的。我们不能过多要求对方为你去做什么,为你奉献什么,而应该想到我能做什么,我将会得到什么。实际上求人不如求己,父母兄弟也好,朋友亲戚也罢,他们是我们生活中最亲近的人,却不是你生活的完全寄托者。真正前行,去走人生路的还是你自己,这是谁也不能代替,谁也不能为你去感受的。

在人生路上,我们更多是靠自己的足迹去走遍人生的全程。不论是在求学的路上,在婚姻的路上,还是在事业的路上,都需要自我的身心去辛勤地奋斗,去努力地耕耘。不管生活在什么样的家庭,不管我们最终会成为什么样的角色,人生的成败得失都在于自己。我们时常去求人,低声下气,忍辱负重,也许能得到别人的同情,能得到别人的关心与帮助,但这是暂时的,不是无休止地投入与奉献,那是对人性自尊的损伤,也是一种寂寞寥落的悲哀。因为当一个人老是想着去乞求别人的时候，最终是一种不平等，也是不会融合在同一条人生的河流里，因此这样的人生也没有多大的意义。

　　实际上我们在生活中需要别人的关心与支持，就像我们每天都希望太阳温情地照射一样，使我们更多地学会坚强，学会在人生的低谷勇敢地向上跋涉前行。光亮给予我们的是希望，是你人生的目标。所以在幼小的时候，我们就开始努力地迈开人生的第一步，很想父母携手，但这样的牵手，是不会长久的，也是不可靠的，因为我们永远也不可能沉溺在摇篮里生活，也不可能老是在别人怀抱里成长。自我的温馨，自我的浪漫与遐想是不能完全依赖在别人的光亮里生存的，也并不是维系着我们生命的全部。所以，宁愿苦，宁愿自己的心累，也要觉得踏实，也要觉得自己才是真正可以依靠的。

　　求人是一种生活的无奈，也是一种好风凭借力，送我上青云的所谓捷径。人生并没有什么平坦的路途，就算有，你也要具备相应的知识和生活技能以及能力，不然就算把你推向高峰的位置，你也不可能坚持下去，不可能尽情地展示自己的才华。在竞争的社会，我们应该更多地丰盈自己的天空，装满沉甸甸的人生果实，才能在人生路上不至于总是一败涂地。不要总是幻想别人能真的帮助到自己，自己才是真正可以依靠的人，在时间的无情流逝中，能保留、能永恒的莫过于自己。

　　求人不如求己，是人生的智慧，也是在社会群体里能崭露头角的条件所在。在我们的生活里，我们经常能看到很多贫寒的学生，能考上理想的大学，能融入到社会的主流，不完全依靠社会而是通过自己勤工俭学得到的金钱来贴补学费。在我看来，这是一种逆境中自信的生存，也是对自我的考量，更是对人生磨炼的真心的感受，在弯曲坎坷的人生道路上增加了他们更多理性思维和积极行动的人生态度，他们相信一分耕耘总会有一分收获，一分收获总会得到一个好的结果。

　　我曾经看到这样一个哲理故事，某人在屋檐下躲雨，看见观音正撑伞走过。这人说："观音菩萨，普度一下众生吧，带我一段如何？"观音说：

"你在雨中，我也在雨中，我不被淋，因为有伞；你被雨淋，因为无伞。所以不是我度自己，而是伞度我。你要想度，不必找我，请自找伞去！"说完便走了。第二天，这人遇到了难事，便去寺庙里求观音。走进庙里，发现也有一个人在拜观音，那个人长得和观音一模一样，丝毫不差。这人问："你是观音吗？"那人答道："我正是观音。"这人又问："那你为何还拜自己？"观音笑道："我也遇到了难事，但我知道，求人不如求己。"

找伞也好，跪拜自己也罢，都是人生中常要面对的事，其实我们都在滚滚红尘的风雨中行走，也时常有被雨水淋的场景，这个时候我们心中想到的无非就是一把伞，一把能为人生遮挡风雨的伞。那是自己的天空，那是自己在人生的风雨洗礼的行走中为保全自己，为自己更好地迎接生活磨难的避难所，那是需要自己在人生的路途随时去准备的；不要当风雨来临，我们还是一无所有，也一无所求地伫立在无边的风雨里，将心灵的衣裳打湿，将自己失落的心沮丧在无边的潮湿的深渊里。我们不必寄希望于别人能给你一把伞，而要学会自己编织人生的花雨伞，在璀璨光亮的世界就要懂得风雨总会来临，风雨也会在自己拼搏的人生空间里倾斜。在你过去的黑暗里，你无须去找寻，也无须去等待，一切都在自我辛勤的创造中，辛勤的汗水里，还有自我的聪明智慧里。

我有一个同学是老师，这么多年他一直在山沟里的乡镇小学教书，我时常为他鸣不平，因为他的父母还有兄弟现在都在省城里面生活和工作，而他自己因为工作的原因，留在了乡下。我们在一起我会经常用关心的口吻对他说："高老师呀，你可以找你父母或者你的兄弟帮帮忙，为你找关系进到省城里去。"他淡淡地说："算了，你知道我不喜欢去找别人，就是父母我也不愿意让他们为我过多的担心，我觉得我现在生活得很好，虽然单调，没有多少人去关注我，我现在已经习惯这样的生活，而且我的努力也得到回报，现在我已经是小学的校长，也是别人对我的肯定，也是自己努力的结果。求人还不如求己，只有通过自己的工作，努力地去生活才能换来别人对你的尊重，也换来自己人生更多地财富。"

在现实的环境里，我们经常感到人生的得失沉浮，不仅仅来自于环境，更多地是来自于人本身，来自于自己在社会的大环境里自尊、自信、自爱、自我求索的积极的人生态度的影响下，我们不断地去前进，不断地去找寻自己真实的家园。

求人不如求己，是对自己的肯定，也是对世事多变的感悟与叹息。人是单一的个体，也是社会的一分子，在自然社会中的每一个人都能抱着勇于探索，勇于面对自我的懦弱、自我的不确定，还有自我的贫穷。重新审视自我，重新真心地看待自己，重新鼓起生活的勇气，重新燃烧起对生活的激情，相信我们的世界将会更加美丽，也会更加充满人性的色彩，因为我们的一生是通过自己的努力去装点的。

> 人生到世界上来，如果不能使别人过得好一些，反而使他们过得更坏的话，那就太糟糕了。
> ——艾略特

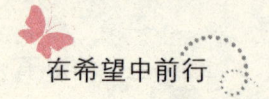

在希望中前行

认识自己

自己永远是灵性与肉体的结合体,也是生命归途中自己的终身陪伴者,在认识世界、认识自我的过程中,我们总会从小小的人生驿站中,走向生命有限与无限广漠的自然世界里。

人生之中最难看清的就是自己。在自我的世界我们之所以被眼前美丽的风景所迷惑,也常常被生命的逆流所践踏,被风雨所侵蚀,被风霜所掩埋,也被人情所冷落,终归是在人性的思维中不能很清晰地看到自己。自我的身心被迷蒙的双眼所笼罩,我们只会朝前看,也只能无奈地向后望,在一望无际的舞台上,在沧海背后的桑田里,我们的足迹在触摸自我的灵魂,那片大地,那个自己也不知道能走多远的世界。

我们常说自己是未来的主宰,命运把握在自己手里,可我们在人生的旅途中时常错误地选择前进道路中的方向,选择不良的生活习惯,选择不健康扭曲的人生曲线。人生的认知与思维的局限就在于不能完全了解自己的情绪,不了解人生价值的最大体现,在忙而错乱的情绪中影响着以后的人生选择,悲伤落寞的寂寥岁月更是把自我封闭,虽与世无争,但实则却在心灵的苦海里来回地游荡,犹如一叶浮舟,在缥缈的尘世空间独自去冥想,独自去擦拭心中的泪花,是前尘的脚步将彼此阻隔在咫尺的屏障,还是一落红尘,在漂浮的空间独自去冥想着自我痛苦的根源?是自我认知距离心灵的遥远，还是遥远的世界中无法真心的看清自我最终的人生方向？

因此世上的人会停留在碧波荡漾的湖里，有时是为了欣赏美丽的大自然，有时却是为了静静地欣赏湖面上留下自我徜徉的影踪。随着心波的流淌，在九曲回肠的人生长河里，投影、投放着自我的心情。认识自然，认识不得不轻松，不得不明快的缘由，在天水之间行走，心灵的空间也在不断地拓宽，也在不断地沿着自我的感受去徘徊在天地间。我的视野随着飘摇的风帆前行的湖水中，得到新的人生体验，我融合着水的清爽，融合在人生的无限的想象空间里，感觉我的心灵得到净化，人生得到更多地浮沉。

人生的自我认识是一个过程，就像儿时的学步走路一样，总是带着你的稚气，带着你对自己的不确认，带着对人生的恐惧，更带着对未来旅途的神秘，驱使你不断地在前行，在丈量大地的同时，懂得伸开幼小的臂膀去抓住你生命的常青藤。那是在明净的双眼里，那是在不短的人生距离间，那是在想和别人牵手，而别人却在你的身边静静地凝望、注视着你人生的跌宕起伏，注视着你勇敢地摸索着站立起柔弱的身躯，但终归在时间的轨道里，你学会了坚强，学会了借鉴，学会了找寻自我人生的脚步，那人生的一次迈开一小步，会成就你人生的一大步。

在自我的世界里，我们会因为风中一片树叶的坠落而暗自神伤；会因为春夏秋冬的四季变化渐渐感受到人生的无常与容颜的变迁；也会因为人生的聚散离合而使自我的人生情绪多了许多的苍凉与悲哀的缕缕情思。想到那里，自我的身心却不在那里，终不得结果，带着无限的怅惘与愧疚，带着心中的遗憾与失落的梦在认识与不认识的自我边缘里沉醉。

认识自我，实际上是认识世界上只有单一的你的存在，我的不明不白，无法懂得的人生旅途便是人生的一张白纸，精心的临摹还是朝着自我心灵的轨迹的情趣去随意、随心、随缘的描画，结果也许都是一样，那就是在那心灵的纸上我们多了一分色彩，多了一分淡雅与清香，多了一分水墨相间的山水画，多了一分望断高楼，却无法鹰击长空的感叹。在自己的世界，我们常常融合着陌生，融合着新的人生步履、新的失落、新的希望、还有新的还原本真的自我情愫，一切走出去，又绕了回来，最终还是一个真心的自己，只是在岁月的沉积中，我们多了许多美丽情感，多了许多人生责任，多了许多人生理想，丰厚着我们的物质，提纯着我们的精神世界，装点着我们美丽的自然。

走进大自然，我觉得自己微不足道，感觉自己认识的缺乏，包括心中还有许多未解的谜团困扰着我，使我不知道怎么才能通向理想的彼岸，怎样才能在人生只有一次的存在与鲜活中找到真实的自己，找到此生存在的真正价值。但我知道只有不断地学习，不断地去耕耘希望的人生田野，在行动中，在辛勤的汗水里，在平静与平和的世界中，在争与不争的生活中，在得失两忘的空间里，沉沉地思索，检讨自己，修正自我的航向，就是在人生的大海里波浪汹涌中前行。让我沉淀也好，升华也罢，都会是真心的忘情投入地爱一次，因为我为之去努力地生活着，给予着，奉献着我自己，我在不断认同别人，感知自我。

生活的明镜中，我会看到我还是那般的矮小，那般的平静与谦和，那般的平凡，如同我走在人海里还是一个匆匆的过客，但在自我的身心里，我经历着大自然赋予我一切美的再现，也赋予我一切美的遗憾。在不得圆满的人生前进中，我知道我的快乐，也会成为别人的快乐，也知道我的影子也会成为别人的方向。有时更多地感悟到自己一直是在双重的人性中摇摆不定，今天我站在高高的舞台，明天却在夜的呢喃里，在喧嚣的尘世外，独自一个人在柔和的灯光下静心地书写着我心中的故事，在千年世界的回荡中，我好像走向亘古的昨天，又好像走向了遥远的未来，在百思不解的梦中划落，却没有一点心灵的痕迹。

哲人曾经说过，认识自己，就会认识这个世界。自己永远是灵性与肉体的结合体，也是生命归途中自己的终身陪伴。在认识世界、认识自我的

第二辑　生命的影子

过程中，我们总会从小小的人生驿站中，走向生命有限与无限广漠的自然世界里。

>>>
人生至愚是恶闻己过，人生至恶是善谈人过。
——申居郧

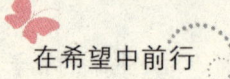

在希望中前行

生活的围城

学会修筑生活的围城,不管是小的,还是大的,不管是陈旧不堪重负的,还是新修的,都是我们人生旅途中必须要坦然面对的。在我们心中,心有多大,我们的围城就会有多大,就会在人生之旅中享受到更加美妙的人生色彩。

著名作家钱钟书在他的小说《围城》里曾有一段经典的文字:婚姻就像是围城,围在城里的人想出来,围在城外的人想冲进去,生活亦是如此。人生就是不断向欲望的天空去追求,又不断地去挣脱、逃离,你今天挣脱逃离你曾经追求的,明天追求你将来逃离的东西。在欲望的锁链里,在欲求不得的天平上,在心灵的围城中,我们循环往复地得到了又失去,又在失去中去得到,悄然地走完了各自的人生。

我们都生活在围城里,那里曾经有过我们儿时的梦想,在不大的空间里,我们学会了怎么去玩游戏,怎么去堆积生活的泥土,怎样去攀登那看似高耸的围城。翻越过去,我们会迎来新的天地,那里有广袤的田野,那里有幽深的森林,那里有川流不息的人群,那里有滚滚向东方奔流的河流,一切让人如此的新鲜,又让人如此向往。因此在幼小的心灵就有一种想冲出自己设置的围墙,在遥远的人生旅途去播种自己的幸福。

围城常给人安全感,给人以平和的心境,但无日无夜的平淡与宁静带给人更多地是无聊与空虚。在不大的院落,在僻静的小巷,在相互隔离的围城内外,我们都在拒绝彼此之间更多地交流与沟通。那份寂寞,那份心中的畅想,那份曾经的理想在围城里不断萎缩,不断地聚集成心灵的圆点，徘徊在自我狭小的人生地带，落落寡欢。其实作为一个心怀高远的人是不愿意在这样的环境里沉溺自己的，当然外面的世界很大，很辽阔，也许当你不小心走出去了，才发现外面的围城一个个接踵而来，在欲望的苦海里来去的泅渡，在心灵的天平上权衡自我，却找不到回去的岸。

在我中学时代有一位教英语的老师，他是个非常爽快，工作兢业认真，急性子的人。积极的人生态度，使他不满足安逸而稳定的教学环境，当时正好赶上改革开放，他毅然辞掉了现有的工作，背上简单的行囊去了深圳。当时我很纳闷，觉得教师本是一个非常好的职业，而且受人尊重，待遇也不差，何必离开这么好的环境，独自一人去那么遥远的地方去闯荡？我觉得这个围城其实很好，可以一辈子旱涝保收，不会有什么生存与生活的压力，这样过也挺好的。也许人与人的不同，在相同的环境里生活，想法却不尽相同，但我在心里为他祝福，希望在遥远的天地里他能纵横他理想的高地，找到他更高的人生围栏，去将他美丽的城池包裹，去精心地装点他美丽的家园。

当我再次见到我这位老师的时候，他已经是五十多岁的中年人，但我发现老师还是像以前那样的精神，那样的富有亲和力。我对老师说："这么多年，我一直都忘不掉您的教诲，我很欣赏您的处事风格以及做人的态度，特别欣赏您勇敢地去选择未知的人生旅途。"老师爽朗地笑了，对我说："出去这么多年，我觉得我的选择是对的，生活就是一座围城，我不愿意长久地生活在一个小小的天地里，我喜欢更开阔的空间，虽然也会有更多以及更大的围城将我环抱，但我欣赏到的领略到的风景会更多，我觉得我的心胸更加博大，视野更加开阔，在竞争与纷争的环境里，我更加懂得通过自身的努力去开拓更为广袤的空间。这么多年过去，我得到了很多，包括物质的富有，也包括精神的充实，房子，车子，该有的我都有了。我得到我所希望拥有的东西的时候，反而很怀念我以前的围城，喜欢我过去的城池，心境变得平和了，可我再也回不到原来的世界中去了，我已经为我自己设计的围城而生活着，就是回去了我也再见不到以前的风景了"。

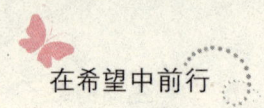

在希望中前行

老师的话语重心长，充满着哲思，也充满着人生奋斗过后恬静的美。在我心里依然觉得老师是生活得有价值的，至少敢冲破自我的围城，虽然还是重新在新的围城里去回旋往复，但终归是另外的天空，另外的一个令他无限向往的人生家园。

在人生中筑起篱栏，将自我层层地包裹，不敢真心地融入这个世界，总觉得外面虽然很精彩却很无奈。在这世界上有的人甚至一辈子都没有离开过自己的家园，我不能确定他生活得不幸福，但至少外面的天空是充满着新奇，充满着人生无限玄妙的意味的，那永远也看不完的风景，永远也无法全身心去完全融入的世界，都在我们心灵的脚步里，都在我们欲望的空间里，吸引着我们不断地前进，不断地在尘世里去修筑围城，又不断地拆除、加宽，那是我们心中永远也走不完的围城。

在生活里，我们会偶然面临事业的失败，面临爱情的姗姗来迟，面临生命中的病痛，面临亲人的离别，这一切的一切都如同是我们心中的围城，我们是永久地沉溺在过往的圈子里沉沉的留恋，还是用新的思维和新的行动去划破你心灵的黑暗？生命的结局暂且不论，可我们更多地是要学会修筑生活的围城，不管是小的，还是大的，不管是陈旧不堪重负的，还是新修的，都是我们人生旅途中必须要坦然面对的。在我们心中，心有多大，我们的围城就会有多大，就会在人生之旅中享受更加美妙的人生色彩。

生活的围城，在我们行走的世界里，在我们不断扩展的视野里，尘世的人们还继续在围城的世界里走进来，冲出去，这一切演绎成我们绮丽的人生。

失足可以很快弥补，失言却可能永远无法补救。

——富兰克林

不要怕,也不要悔

不要怕,不要悔,是人生风景中美好的色彩,就像我们心中的调色板,时时去激励着自身,去努力精心粉饰人生美好的家园。

　　人生只有一次,只要有益于人类身心和福利的事情我们就可以大胆去做。当然在行进的人生轨迹里,我们有时感到困惑,心中有过迷惘,但随着时光隧道的流逝,一切美好的和不美好的都会抛在你的身后,我们还是义无反顾地向前走去。因为生命是不能回返的,就像走在单行的车道一样,明明知道前面的红尘中我们终将走向虚无的永恒,但我们在风尘仆仆的驿站,还有远行的风景里找寻到自我的快乐和美好的情愫。我们在不断地欣赏着,感悟着,痛苦与欢乐并存,遗憾与歉疚夹杂其中,怕也好,后悔也罢,都是你人生短暂的停留,都会在时间长河中慢慢地冲淡那份创伤的记忆。

　　我们从蹒跚学步到最后的老去,都充满挑战和无奈,我们怀着对生的神秘与死的恐惧徘徊着。在其中,我们害怕黑夜的漫长,害怕前途无知己,害怕此生寂寞与孤独,害怕不能游刃于江湖,而被遗忘在江湖。心生许多可能与不可能的,也心生出新的人生围栏将自我的灵魂去包裹,躲藏

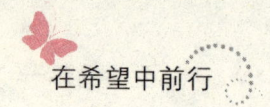

在希望中前行

在小我空间，游离于寡欢的寂寥的自然世界中去。不管怎样，我们都不要害怕前路的艰难，也不要在乎前进中的失去与得到，我们应该勇于去改变和塑造自我，去提升和超越自我，设定你能达到近期以及远期能达到的目标，并且努力地在行动中去得到你所向往的成功。在人生的旅途中，我们要克服所遭遇到的种种困难与险阻，不要被周围的环境以及自我的情绪所影响，也不要因为别人的反对和嘲讽而丧失了人生的希望和方向。其实，人生的恐惧往往是来自于对自我的不确定，缺乏对事物的了解，缺乏信心。认识自我，亲切美好的大自然也许会使你更从容地体会和感悟世事的沧桑和尘事的变迁，更能勇敢坚强地面对你生命的逆流。

生命本是一张无法返程的车票，我们每一个人都拥有一张人生的通行证，只是在行进的旅途中我们所要达到的彼岸各不相同，但会各有各的色彩，也会拥有许多难圆的梦幻和遗憾。也许你会有所悔悟，也会有所惊醒，为世间的纷争巨变，为自我的起起落落，为在江湖的人海里不能真心留住你所要留住的风景，为今生的欲求欲罢不能，为人生的颠沛流离而悄然远走遥远的陌途。你的心中感到无限的懊悔与惭愧，为不能与亲人团圆，为不能再与曾经的恋人邂逅，为不能真心地感受你期待已久的美好的人生情结。可人生终究就是这样，得到你人生的大部分，也终会失去你人生的小部分。其实真心的悔悟，是对前尘往事的留恋，也是对曾经沧海难为水，除却巫山不是云的嗟叹。当我们功成名就的时候，当我们站在高楼远眺的时候，当我们与亲人朋友举杯的时候，也许你会感受到心中的忏悔是多么的真切和自然，我们无法什么都圆满，也不能什么都不会得到，有所悔悟乃是对人生真谛的渲染，也是在遗憾的人生旅途中减少遗憾和补偿心中的遗憾吧！

我曾经看到这样一个哲理故事：

30年前，一个年轻人离开故乡，开始创造自己的前途。他动身的第一站，是去拜访本族的族长，请求指点。

老族长正在练字，他听说本族有位后辈要开始踏上人生的旅途，就写了三个字：不要怕。然后抬起头来，望着年轻人说："孩子，人生的秘诀只有六个字，今天先告诉你三个，供你半生受用。"

30年后，这个年轻人已是人到中年，有了一些成就，也添了很多伤心事。归程漫漫，到了家乡，他又去拜访那位族长。

他到了族长家里，才知道老人家几年前已经去世，家人取出一个密封的信封对他说："这是族长生前留给你的，他说有一天你会再来。"还乡的游子这才想起来，30年前他在这里听到人生的一半秘诀，拆开信封，里面赫然又是三个大字：不要悔。

我们常常留恋曾经的风雨，也怀念美好的过去，愿意徜徉在父母的怀抱中求得暂时的温暖。可我们毕竟是还要长大，我们都会拥有生命赋予的理想的翅膀，因此我们有了想飞的愿望，也有了在风雨前行中的失落和困苦。但我们不要怕，也不要后悔，不管我们走在哪里，我们会无愧于心，无怨无悔地在人生路上深深地走过，奋斗过，求索过；我们在不断感受失败的酸楚的同时，也会得到人生的成功。在鲜花与大海的怀抱里，我们觉得自我的世界在不断地扩延与宽广，我们心中的苦和泪会化作人生的长河流向你所依偎的大海。

每当人生寂寥的时候，我就会想起曾经走过的岁月，为我不能勇敢地走出来而感到懊悔，也为自身不能真正去选择好人生方向而感到痛心，更多地是为我的失败而悔恨，也为我这么多年的平淡而感到惭愧。假如时光能倒退的话，我会坚定自己的信心，为我的人生勾勒美好的人生蓝图，然后努力去实现我的目标。我希望我能成功，也希望我自己不会带着人生遗憾而悲凉、孤独地走完我的人生，到那个时候我不会怕，也不会后悔我的人生。

不要怕，不要悔，是人生风景中美好的色彩，就像我们心中的调色板，时时去激励着自身，去努力精心装饰美好的家园。当人生的一切都走

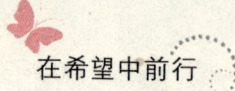

在希望中前行

过，来过，我们不会为虚度年华而悔恨，也不会碌碌无为而羞耻，因为我们一生都在为人生旅途中光辉的事业、美妙的风景去追逐，去精心耕耘，最后我们终将会收获我们一生的成功！

虽然人人都企求得很多，但所需要的却是微乎其微。
因为人生是短暂的，人的命运是有限的。

——歌德

第二辑 生命的影子

想得开与想不开

想得开与想不开都是我们生命的思想与灵魂，在一定的时间长河里，时而让我们混沌，时而又让我们清醒，但随着生命浪花的推波助澜，我们沉淀着升华着我们的人生，丰富着我们的情感世界，抚慰着我们内心的惶惑与不安。

　　想得开与想不开只有一步之遥，想开了就能舒心爽朗，笑逐颜开；想不开就黯然伤怀，消沉低落。其实人生之中。快乐与否全在自己的掌握之中，人生无非是一个过程，在生命的旅途中，我们总会遇到这样或那样的路径，有时弯曲、有时平坦、有时逆流而上，有时顺水而下，在变化莫测的红尘中，我们无非要更多地擦亮自己的眼睛，让心灵释怀，让阳光温情渗透。总有那么一天你让人性的光芒温暖着自身，在光芒的照射中走过你人生的每一段路。

　　落入凡尘，我们会心生许多困惑，是为时光走得太快，我们还没有穿好美丽的华衣，就匆匆地谢幕。我很想融入到江湖，痛快淋漓地洗刷自身，感受春江湖水的温柔，可我很快就淹没在滚滚的洪流里，我看不见了，你也将我抛向无边的寂寞的陌途。

　　我无法鹰击长空，无法展开理想的翅膀飞翔，可我一直都有想飞的欲望，欲望延伸在辽阔的天地，我沉沉浮浮，我攀登着高峰，却被一座又一座高峰所替代。在我所走过的高处，被天空的白云吞噬，我化作一片云，在云里，在梦里，恍惚之中，我飘摇于蓝天之上，又坠落成孤峰雁塔，在风雨飘落的季节轮回里，我掩饰不住内心的惆怅与忧郁，任凭沧海剥离着我原始的真与情。

生命中总会有这样或那样不快的情绪，有事业上不如意，婚姻失败，家庭纷争等。面对生活中突如其来的打击，人的心里总会有承受的极限，我们时常怨天尤人，甚至自卑自怜，想不开。为什么别人生活会过得那么幸福，为什么我愁眉苦脸，形容憔悴？苦闷的心一直在寻找着人生的答案。

张老师是我中学时代的女同学，她是一个充满古典气息的女生，外表看来是一个非常富有知识情趣的人，可是心胸狭窄，不善于与人沟通，加上母亲过早地离开，还有大学恋人淡然地与她分手，使她的生活黯然失色。大学毕业后，她分配到一所乡镇中学教书，平时自卑自怜，也很少有朋友去光顾她，因此博得一个"冷美人"的昵称。我有时碰见她，关心地问她："找到男朋友没有。"她告诉我说："没有呢！"我呵呵地笑着对她说："像你各方面的条件都很好，就是对什么事情想不开。有什么想不开的，人都在现实的生活里，快乐一天与痛苦一天，都会是我们生命的过程，与其痛苦的思索，还不如从苦痛的岁月中轻盈地飞翔起来，我觉得心胸开阔一点，乐观一点，对你以后的生活会好一点！"她对我说："谢谢老同学对我的提醒，我以后试着去改变吧！"后来听说她主动走出曾经的阴影，在别人的介绍和撮合下，她终于找到了她心目中的男人。

想不开，实际上是把自己封闭在铜墙铁壁之内，躲藏在玻璃的屋子里，想快乐却不得快乐。总是想着别人比自己好，总是杞人忧天，总是将自己心的一隅投放在心灵荒芜的沙漠之中。其实人生有许多的不确定，包括你今天还在热恋之中，也许明天相爱的人就与你劳燕分飞，使你不知所措；今天还居于庙堂之上，明天就退隐江湖；今天还有人高声喧哗，明天就走向沉寂的归途！因此世界上有许多事情，让人想不开，因为很多人的心里摆脱不了不如意的羁绊，世界上很多事情并不完全受我们个人去支配，我们有时不得不顺应大自然，不得不顺应社会的大环境，这是一种心灵的智慧，是一种人生高度的炼狱。所以能把不如意的事情潇洒地放下，确实不容易，这需要用一生去用心地感悟，包括修心养性。

世界上有很多事是不公平的，但无论公平与否，你还得去适应你所生活的环境，你还得用你真心的笑脸去面对生活中的人们。在痛苦中我们深深地沉思着自我，在寂寞深邃的巷子里我们走向我们生命的虚与实。也许会有短暂的风雨，也有被人遗忘的角落，也有困惑于心不能自拔的瞬间，但生活的阳光总会时时地倾泻在我们的身上，使我们在凄风苦雨中找回曾有过的温暖与欢欣，使我们在以后的生命旅途中能饱含着温情与生命的阳光生活，去展开自我翱翔的空间。

想得开，实际上是对人生的达观与生命轮回的反悟。人生只是一滴露珠，有自我生命的色彩，有自我灵动的水的波澜，有与自然去融合的线条，也有流向深厚的大地去追赶心海的世界的渴望。生命中你所走过的路途，还有你想看与不想看到的风景，以及你想企及邂逅与牵手的可爱的人与不想见到的人，这些都是你生活中的必然。我们不能选择大地的衣裳，但我们可以选择自己生命的华衣；不能选择注入江湖，但我们也可以去选择生活的溪流。生命中想得开很好，想不开也罢，我们都还得真实地去生活，我们都要学会安慰自己，激励自己。羡慕别人还不如羡慕自己，每一个人都是自然生命的一棵挺拔的大树，不畏惧风雨，不惧怕严寒，不怕冷落和寂寞，不怕生活中所承受的磨难，成功的路就是我们千百次的痛苦与失望中所走出来的人生殿堂。

想得开与想不开都是我们生命的思想的灵魂，在一定的时间长河里，时而让我们混沌，时而又让我们清醒，但随着生命浪花的推波助澜，我们沉淀着升华着我们的人生，丰富着我们的情感世界，抚慰着我们内心的惶

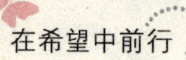
在希望中前行

惑与不安。总会有那么一天，我们的心会更加平实与自然，更加生动与活跃，在心灵的海上，我们退一步看天地的辽阔，忍耐着我们需要的忍耐，并行进着成功的足迹。我豁达着，开朗着，快乐着，并幸福地走向那更遥远的地平线。

我们曾经为欢乐而斗争，我们将要为欢乐而死。
因此，悲哀永远不要同我们的名字联在一起。

——伏契克

 第二辑 生命的影子

顺其自然

在自然中，我们感到人生的真实，感受到亲人的温暖，感受到在短暂的人生旅途中去融合无限的自然世界的坦然。

我们一直生活在这美丽的大自然中，在自然的世界里我们生生不息，代代相传，但作为单一的生命个体我们更多地是去适应、顺应自然万物，不断去改变和创新自我，不断地贴近自然，达到物我两忘，天人合一，走向和谐自然的心灵归途。

顺其自然是自然界生存与发展的规律，有的时候并不是我们可以去改变的，就像我们的生死，我们的痛苦与欢乐，我们的聚散离合，我们心中留存的遗憾，还有我们心中经常失落的情感，都是人生旅途中不可缺少的风景，也是我们每时每刻都要面对与思考的。在换位与移情的心理暗示中，我们慢慢地懂得了人生的乐趣，不必刻意强求得到，反倒会有另一番的收获，也会带来别样的人生境遇。

自然的世界是富有生命的承载体，一滴心灵的雨露，一朵飘落的花蕾，一条生命的河流，还有驰骋在自然空间的一切生灵，它们在各自的生存环境里，寻求着看似不同的快乐与情愫，实则都在自然的生命里去感受清新的空气，还有大自然的神秘与变迁。它们都在迎合着周围的环境，灵动地变化着生命中最美丽的绸缎，我知道它们都希望在这寰宇的天地之间

得到一种心灵的寄托，也深深地懂得在这风雨飘摇的尘世游离中的一种无奈与挣扎，还有人生苦旅的一种自信力与承受力。

在悠悠的岁月，我们种植在自然的生命种子，会在不同的季节，不同的时间去播下；不同的种子会有不同的地域与时间的限制，也会有不同的繁殖的特点。当然我们要因时就势，因地制宜，随时随心地在心灵的温床上把根留住，去延深你的轨迹。在其中我们也许会遭遇到自然的风雨，也会被风雨所侵蚀，被冰雪所融化；也许有时过早地凋零在生命的半空中，随着风，沐浴着生命的阳光在不被人知道的领地里默默地坠落，默默地沉没。我们会更多地感叹生命的脆弱与离奇的变化，也会体会到坚强的生命在无数个风雨的夜的黑暗中成就泪花交织的生命长河。

生命的长河会遇到许多人生的激流与险滩，偶然会在自然的生命里遭遇到别人的偷袭。人生的纷争，人生的竞技犹如我们走进生命的球场，每一种球都会有不同的球法与不同的游戏规则，我们始终要去奔跑，要学会跑得快，要努力去掌控咫尺之间的球，不偏离自然的线圈，也不远走红尘的边缘，努力地投掷你的希望，你的失落，你的得失，还有你想圆而不得圆满的生命轨迹。

我们走进自然的花园，在鸟语花香的世界里沉醉，在宁静幽深的大山深处，时常望而却步，也时常真心地去融合。大自然的鬼斧神工、大自然的自然雕饰就是我们心中美好的蓝图，就是我们一生努力去寻找的人生方向。真想永远徜徉在这美丽的自然风景里，有时自己好像就已经成为了人生中的风景，也成为自然的风景。在众星捧月的天空，在高高的楼台，在崇山峻岭的险峰，你倾听着人潮人海的欢呼。在心海的世界有你心灵眷恋与相互依靠的人，你会感受到人生的欢颜与喜悦。在成功的果实里，在自然的生命色彩中你感悟到生命的价值与人生，在欣喜之余，你也会慢慢地懂得失去一样是人生的随心与随喜，因为人生中的终该失去与终该流逝是人生美与残缺美的孤独与遗憾，是你人生过去与未来中视觉暂留的人生影像。

走在人生的影像风光里，我们不断地追求人生的尽善尽美，在完美的

第二辑 生命的影子

人生曲线里，抛售着自我的情绪，自我的人生哲学。我们常常是绞尽脑汁，殚精竭虑，特别是当我们突然遇到人生重大变故的时候更是束手无策，寝食难安。生命的沟沟坎坎本是自然的本色，我们有时不必去改变它，我们可以尽量地环抱着自然世界的臂膀，在大山之间架起我们心灵的桥梁，也许就会"无心插柳柳成荫"或"山重水复疑无路，柳暗花明又一村"了。

顺其自然乃是人生生存与发展的必然，在自然中，我们感受到人生的真谛，感受到亲人的温暖，感受到在短暂的人生旅途中去融合无限的自然世界的坦然。因为那是我们心中永远眷恋的大自然，我们顺应着自然的风，也会顺应自然的雨，顺应着时代的变迁，顺应着我们心中的所思所想。在无限辽阔的宇宙中我们有了想飞的翅膀，有了融化自然的风与自然的雨的生命的泪花。

山不过去，我就过去。在自然的风雨里，我们从不静止地去观望与徘徊，在宽阔的胸襟与无限的心灵世界里我们融化着大自然，融化着我们心中的风雨。顺着人生的方向、人生的归途，我们成为了美丽的大自然。

人不应该像走兽那样活着，应该追求知识和美德。

——佚名

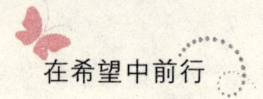

在希望中前行

生命的华衣

生命的华衣一直都在装点着人内心的纯净和美丽,其实在热爱美与崇尚真实与自然的同时,尽情地将自己包装、修饰,未尝不是在淡淡的人生旅途中,为自己注入新的氧气,使自己看到了自我的风景,使自我在惨淡的人生中去体味时光丽人,留给人的不仅仅是痛苦的宣泄,还有快乐的美的欣赏与美的留恋。

  我们都好似披着彩虹似的衣裳来到这个世界,又带着自然的七色光芒悄然地隐退在万丈红尘里。生命的华衣在日新月异的时代,更加焕发着无穷的色彩和线条,有古典的。也有时尚的;有高雅的,也有粗俗的,不管怎样,不同的人有不同的需求,也有不同的审美情趣,但美的风景与美的延续一直在真情地传递着。在自然的大地,装点着人与自然的和谐,装点着人内心对新生活的渴望,装点着生命中最美丽的衣裳。
  每一个轮回的季节里,对服饰的要求有其人文与自然、历史和社会的融合。记得小时候父母给我添加一套草绿色的衣服,我感觉唯美,感到朴实与真情,因为我很喜欢军人,喜欢他们的颜色,喜欢他们的性格,也喜欢他们对人生的定位与追求,草绿色包裹着我儿时的梦想,包装着属于我现在还有对未来的渴望,当我穿上它,我俨然成为新一代最可爱的人。
  随着年龄的增长,我融合在社会的大潮里,我渐渐地迷恋上笔挺的西服,我感觉到自我的潇洒,我感到那流行的色彩与线条,在风中,在茫茫人海中,我就是一道亮丽的风景线,我踏着青春的脚步在时尚与现代的气息里,走向我心中的海。

转瞬之间，当我步入人生的仲秋，我似乎没有了以前对服饰那样的狂热和追捧，但我依然热衷欣赏各种不同的款型服饰，像夹克、中山装、西装，还有很多。在我心里不同的服饰，拥有着不同的表现形式，也拥有不同的心理体味，服装在掩饰着我内心的空白，也映衬着我在空白的人生履历中，添加美的元素与美的激情。我仿佛平添了许多自信，在人前人后，扮演着我的角色，融合着每一个季节里所带来的欢欣，还有苦痛、成功，还有失败。我慢慢地懂得，穿着在改变我人生的曲线，在美化着我的生活，在提纯着我的人生。

每当夜深人静的时候，我总会想起蜗牛的故事。传说蜗牛从前是没有壳的，软绵绵的身体上伸出丑陋的触须，很多动物都对它嗤之以鼻，蜗牛爬到上苍那里去，祈求上苍赐给它一个壳！

为什么一定要装美丽的壳呢？虚伪还是自欺欺人？

蜗牛沉思片刻，郑重地回答：为了仅此一次的生命！

人生也只有一次，在这美丽的世界里继续，美丽的自然与美丽的人文风景交相辉映，美丽服饰在时光的隧道里，一直在穿梭；美丽的服饰在每一个人心中，在粉饰着自我日渐消失的容颜。美在继续，服饰也在岁月的更替里，更加让人赏心悦目，更加使人真心地感受生命中最真实的轮廓。那是我们在坦然面对，那是我们在苦痛中再给自己穿上梦中的嫁衣。

走在万丈红尘里，我时常看到老人、孩子、年轻的女人、以及帅气的男生。在我看来，每一个年龄对服饰都有不同的体会，它犹如生命的纽带，在牵引着人们走向和谐与自然，走向现代与未来的衔接里。

在茫茫人海里，我在公园里遇到这样一位老太太，她坐在轮椅上，我凝望着她，发现她涂着口红，梳着纹丝不乱的发髻，两只银光闪动的大耳环，光滑如水的红色裙子，连指甲都精心修剪过，涂着淡紫色的油彩！我看着她微微笑了笑点个头，但我目光注视着她的手臂，感觉她的手在不停地抖动，干枯的几乎萎缩的手在向我致意。我停了下来，轻轻地走近这个和蔼的老人身边，老人表情愉悦，虽说很丑，但却和善！她说："我患了帕金森综合征，已经两年啦！"她柔和地凝视我说："你是不是觉得我很可

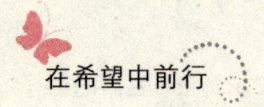

怜啊?"

我诚恳地摇摇头!这样的打扮一定专门有人伺候,绝不该属于可怜的人!

她说:"我很丑是不是,不该这样卖弄是吗?"

我无法表态!相貌的丑陋似乎跟装扮的美丽有些不搭界,但是,假如有一天,我变丑变老,变得身残体弱,会不会自暴自弃?她不再解释,浅浅地笑,风轻云淡的笑!

生命的华衣一直都在装点着人内心的纯净和美丽,其实在热爱美与崇尚真实与自然的同时,尽情地将自己包装、修饰,未尝不是在淡淡的人生旅途中,为自己注入新的氧气,使自己看到了自我的风景,使自我在惨淡的人生中去体味时光丽人,留给人的不仅仅是痛苦的宣泄,还有快乐的美的欣赏与美的留恋。

生命的华衣,在人生舞台上经常变幻,我们的视觉暂时地注视在光滑无比的舞池上,欣赏着那美丽的时装,欣赏着那美丽的风景,欣赏着残缺中最真实的美的感受。生命的华衣,如同人生的路,我们搭建着我们绮丽的人生殿堂,在不无遗憾的人生归途上,让自我穿着彩虹似的衣裳,飘荡在我们人生的始终。

因为我对权威的轻蔑,所以命运惩罚我,使我自己竟也成了权威。
——爱因斯坦

孤独是一种人性的高度

孤独是人性的静美,是生命中迂回曲折的河流中一道亮丽的人生风景线,孤独的心因为人生对自我起点与终点的跋涉,孤独的心来自每一个人所追求的人性高度的不同,从而成就着各种各样不同的人生风光带。

  孤独是一种唯美的体验和感觉,也是一种人性的高度。在茫茫人海里,我们时常找不到自我的位置,迷失自我的方向,从寂寞的夜色中,从孤冷的翡翠的宫殿中,徘徊着来来去去的人生曲线。升华或沉淀,都在孤独的灵魂深处提升着自我的清纯、自我的门槛,一切都在你我的视线里欣赏、仰望。那是一种距离,更是一种难以触摸的心灵之窗。

  走进纷扰的红尘,我们一不留神就走进苍茫的大地,那里有黄昏的寂寞,也有日暮苍山远的清凉。在清冷的空气中,更多地时候是与自然相伴,与天地相互融合。走是一种心灵的追求,不管是遭遇生离死别,还是人生的阴晴圆缺,我们都不得停留,行走在人性的高度,孤独掩饰的是一种大爱无痕,是一种真情的留恋,也是一种天涯咫尺的思念。

  从孤独中走来,最后又回归到永恒的寰宇中去,这是我们一步又一步抬升的高度,也是我们从有限的空间去找寻更广阔的灵性的自然。在孤独中,我们更多地清新着自我,安慰着寥落的身心,也从寂寞的世界里苦苦地思索自己不得快乐的根源。寂寞是孤独的影子,而影子却将孤独的心拉得更加绵长和高远。

在希望中前行

我们经常为寂寞找不出寂寞的缘由，为孤独找不到自我灵性而忧叹。孤独与生俱来，是少小离家不识愁滋味的孤傲，是人在中秋俯瞰沧海为水的深深的寂寞的回味，更是人在岁月暮年，浏览一生旅途中看山还是山，看水还是水的清纯与返璞归真的人生真谛。终归是思想觉悟者在心海的潮汐里，涌动着的那份孤独的真心思索，是幽深地徘徊着人生画着圆，却不是圆的情怀。

我喜欢孤独，但不希望像一个追梦人那样永远地陪伴我，我喜欢生活中多姿多彩的阳光，也喜欢将自己置身在繁华的闹市，融合在茫茫的人海。我在找寻着我人生的高度，也将心灵的孤独去真心地释怀，每当我走进柳叶湖的夜色里，看到心灵的那一片海，在夕阳无限的光亮里，我在点燃我孤独的火焰，燃烧着我一个人悠长的路径，燃烧着我郁郁不得志的苦闷，燃烧着没有人喧嚣、没有人去亲近的寂寞的柳叶。在海天一色中，我犹如那心中的波浪在翻滚，我犹如天边黑暗的旷野，在看似坦途却是坎坷的境遇里，攀登着我的高度，我仿佛在升腾着全部的身心与热爱的生命，仿佛毫无顾忌地融合在那一片心灵圣洁的高原。

在孤独的岁月里，我能经常聆听到尘风的心语。尘风是我多年的朋友，我时常感叹尘风的命运不济，为他真心地担忧，想想他大学毕业后，本来拥有一个相对稳定的事业单位，却遭遇买断的结局，看似幸福的婚姻，结婚三年后，就黯然分手，从此各奔西东。我劝慰尘风再找一个真心关怀他的女人，尘风总是淡然地对我说："你觉得我孤独吗？其实我不孤独，事业和爱情，我会冷静地考量我的事业，因为在成功的人生路上，我需要自我勇敢地支撑自己，而孤独本身缘于一种爱，一种对过去与未来的反思与度量。孤独其实并不很孤独，但是孤独的生命之花开在什么地方，采摘什么样的果实，却很重要，我一路都在义无反顾地走着我人性的孤独，实则是我人性的梦想。在那一段段距离里，孤独使我愈加清醒，孤独使我更加真实面对我的生活，还有我生命的苦痛与欢欣。"

我对尘风说："你已经离婚八年了，我都难以想象你一个人是怎么走过来的，难道你真的很喜欢一个人的黑夜吗？难道你真的喜欢寂寞的眼泪吗?"尘风笑着对我说:"在孤独中我在锤炼着岁月的风沙,我喜欢轻盈地飞,在飞翔的空间里,我自由着我的身心,我在得与不得中,诠释着我自身的残缺与不足。每一个人都是风景,风景是可变的,也是不变的,风光是多情的,也是冷落的,孤独是人生旅途的存在形式,我就像尘土的风尘,轻轻地撩过一路尘埃,我来了,轻轻地我走了,我在飞逝。"

尘风现在依然走在孤独的灵魂高度里,我能经常看到他富有哲理的文章,看到他出版的书籍,欣喜地听到他获得诸多的奖项,是精神的,更是唯美的,也是物质的,更是生命的阔延与人生新的高度的攀登。

孤独是人性的静美,是生命中迂回曲折的河流中一道亮丽的人生风景线,孤独的心因为人生对自我起点与终点的跋涉,孤独的心来自每一个人所追求的人性高度的不同,而成就着各种各样不同的人生风光带。

孤独是一种人生的大爱,它伴随着人的一生,走过心灵的河床,孤独的高度在你我的心灵足迹里,得到无限的延伸。

改变好习惯比改掉坏习惯容易得多,这是人生的一大悲哀。

——毛姆

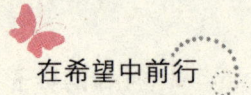

大 海

我喜欢大海,喜欢聆听海给我无限生命的展望,喜欢追寻着海前进的方向,喜欢捕捉海的那一头,是生命的绿洲,还是情感的伊甸园?在那片有限而无限的海的距离里,不正是我们的人生吗?

小的时候我就向往大海,因为我的幼稚、我的渺小、我的好奇,使我深情地眷恋。

小的时候我就梦想着有一天成为生命的大海,在海的汪洋中,我要融合风起云涌的波澜,我要游弋在海的世界,去寻找心灵的彼岸,瞭望无限的海,心的卑微、视线的局限,在海天一色的蓝天下,我得到一览无余的展现,我得到博大精深的海的气息。海的底蕴,将我推向生活的浪尖,使我踏上新的人生征途。

人生之中承载着水之温柔,在心灵的海里,我们互通有无地走过生命的每一片土地。有时感到一种震撼,那仿佛是海的浪涛,在击打着我的每根神经,使我找到生命的最强音;有时感觉到一种低婉的和弦,在轻柔地抚慰着我生命的潮汐,使我在阳光与沙滩中,闲情漫步着我的人生轨迹,我成为我生命的那一片海。

大海以无限辽阔的身躯容纳着我的得失、我的荣辱,在海水的推波助澜中,洗涤着我过往的尘埃,我的心胸得到无限的扩展,我的苦痛在海浪

第二辑 生命的影子

的轻轻诉说的心灵的缄语里，得到暂时的平复，我融化在海里。我穿梭在海的中央，举目凝望前方的归途，还是那茫茫无边的海，我的方向、我的绿洲、我的羽翼，在遥遥无期的煎熬岁月里依稀重现，我勇敢地泅渡着我的人生，我仿佛靠近海的女儿，她在对我温情地招手，她在给我含情脉脉地回眸，她在牵引着我走出海的山谷、海的围栏。芳香浸染在我的周围，我踏寻着朝圣的方向，那里会有灵魂的交融，那里会有日出日落的开阔，也会有美好家园的装点，更会有人生美妙的情话，一切都在有限与无限的归途中，缘来缘去，缘聚缘散的交叉，融合，海成为了我自己。

我时常坐着生命的风帆在海上前行，前方弥漫的迷雾，在海里，在空气中，阻挡着我的视线，我看不到海，也看不到阳光的照射，倍感孤独的我，似乎阻隔在寰宇世界里，听不到温情的话语，也感觉不到五彩斑斓的人生色彩。我恐慌着，我徘徊在船的甲板上，像热锅上的蚂蚁，我在搬家，但我脱离不了这片海。人生苦闷时，犹如在苦海的边缘来回地挣脱，快乐也会成为痛苦的短暂停歇，但迷雾总会散尽，生活的海上，又重新焕发出夺目的光辉，我走过海的孤独，还有海笼罩的阴霾。

我有一个朋友是山东滨海小镇人，是一名海员，我曾经跟他说："当海员很好啊，可以有更多地时间去欣赏大海，与心灵更多地靠近。"我那朋友平静地对我说："是的，我一直喜欢大海，觉得海拥有无限的神秘与宽阔，大海无边，充满着无限的希望与诡秘。其实大海也是自然世界的一个组成部分，是我们自然生命中美好的风景和摇篮，跟我们行进在生命的旅途中一样，也有惊涛骇浪，也有生命的迷雾，也会有道路的曲折，甚至不小心就抛锚在无垠的海上，那个时候，你在海上，亲人却在遥远的彼岸，你会每天为了靠岸努力前行，也会为了每天突如其来的风雨而拼命地抗争，海成为我来去的生命线，也成为我生活的风景。寂寥时，我会倾听海对我真心的呼唤；孤独时，我会仰望天空飞翔的海燕，我感到它的真实的陪伴，它美丽的翅膀将我的心，带向遥远的海的世界，似乎我的心跳动得更加激情而有活力，我的心海也会更加无限开阔。这么多年，海给我无限的力量，海也赋予我更多平淡而平和的心态，使我在纷争的世界平静地

追寻，徜徉在海的波澜壮阔中，我得到心灵的安慰，得到海的深情的触摸。我不管别人是否喜欢我这个职业，是否热衷这无限的海洋，但我已经深深地走过，我会永远地陪伴着它，走向遥远的未来。"

我喜欢大海，喜欢聆听海给我无限生命的展望，喜欢追寻着海前进的方向，喜欢捕捉海的那一头，是生命的绿洲，还是情感的伊甸园？在那片有限而无限的海的距离里，不正是我们的人生吗？我们尽兴地出海，我们静静地归来。在海上，在生命的旅途中，还原着我们生命中海的色彩，海的去处，我在海的行走中，走过我的人生，走向沉积的源远流长的海的世界。

大海是我们生命的承载体，是我们生命的航船，是我们向往的生命的绿洲，我融合着海，我成为了生命中的大海。

大海是我的故乡，大海是我生命的摇篮，大海永远包揽我的过去，我的现在，还有美好的未来。一切的一切都将随着大海的起伏，成就着我们的人生。

所谓高质量人生，其实就是平衡不断遭到破坏和重建。

——赵鑫珊

第三辑

漫步在飘摇的红尘中

时光穿梭,那美好的过去,以及痛楚的回味,都在过去与未来的行进的轨迹里沉淀或升华。那份感动,那曾经走过的足迹,在飘摇的红尘中忽然渐近,又相隔在万丈的自然屏障中,走过的依然走过,漫步了心,都已经融化在你我遥远的人生归途里。

在希望中前行

人间悲喜剧

我欣赏着人间的悲喜剧，正如人间的悲喜剧里面有我一样，我是剧中人，也会是旁观者，但时常我也会为一场电影里面的剧情而快乐，也时常为电影里的一个小人物的悲惨遭遇而落泪。

人的一生悲欢离合，痛苦与快乐交织在一起，有时不明白我为什么会有不明的感伤，有时寂寞会油然而生，有时又会有暂时的欢愉与感动，然而更多地时候是一种对生命的感悟和忧叹！在长长的人生轨迹中，洒下一路风尘，在茫茫的人海里追寻着你不得而知的神秘的怀想，追寻着你过去与未来情愫的飘带，它们将你带向一个舞台，一个正在上演的人间悲喜剧。

我们每天都在继续前行，在不大的空间，在限定的人生长短的帷幕里，精心地装点与沉醉着你的角色、你的风采。你包裹着你的自尊，你想哭诉流泪却没有倾诉的对象，你面对着一望无际的观众，他们是在欣赏你还是在嘲讽你，还是在无聊疲倦地发泄着自我。我孤独，我寂寞，我彷徨。

每每面对我的亲人与朋友，我都有一种难舍难分的情愫在里面，感觉世界之大，流动的空间很多，真正团聚在一起的机会并不是太多，看到他们我感觉到快乐，有时也会让我感到莫名悲观与忧伤。去年的这个时候，我堂哥的儿子结婚，听到这个消息，在百忙之中的我欢喜地赶到他的家里去祝贺，我见到了久违的伯伯、伯母，我走上前去，拉着我伯伯的手说："您好呀，伯伯！好久不见，很想念您，我爸爸也很挂念您，可是他抽不开身来，您是知道我家里的情况，妈妈一直卧病在床没有人照应。"呵呵，你们来也很好的，我们本来就是一家人，看到晚辈们能找到爱的归宿，我感到非常高兴。"我问伯伯，身体是否健康。他告诉我说："身体远不如从前了，特别是头疼得厉害。""哦！那你要记得吃药，平时注意不要从事剧烈的运动。"因为我知道他高血压很严重。我看到伯伯欣慰地点点头。在这里，我看到了很多亲戚朋友，他们和我的心情一样沉浸在无比欢乐的祥和里，我希望快乐能永远这样维系下去，因为我们的一生本是为了追求幸福与快乐的生活而来的，而不是让我们过多地承受苦难与哀伤。可就在前不久几个月，我听到堂哥打来的电话，说伯伯不行了，高血压发作摔倒在地，就这样走了。我听到后，伤感的泪花哗哗地流了下来，感觉世事多变，昨日的欢颜演变成为今天的悲歌，我都有点不相信，前段时间不是好好的吗？我到现在也很难相信这样的事实，感觉他还活着，他的笑脸还在我的眼前浮现，是那么的慈祥、和蔼可亲，我和父亲还有家人又回到了他的家，我紧紧地拥抱着我的堂哥，哭泣着说："伯伯怎么这么快就走了啊！我多么希望他存活在世界上的日子多点，多听到我们快乐的声音，多看看周围可亲的人们，多感受到生活赋予的阳光。"与此同时，我分明感觉到我爸爸在用毛巾擦拭着眼泪，为亲人的离去，为故人难圆，还有他心中久远的回忆和亲情。

在大自然面前，人有时显得那么的渺小，犹如一颗璀璨的流星，来不及更多地体验和怀想，就匆匆地告别了舞台，但快乐依然是存在的，悲哀也时常伴随着我们，我们不停地激动欢欣，又不停地悄然落幕。

我欣赏着人间的悲喜剧，正如人间的悲喜剧里面有我一样，我是剧中人，也会是旁观者，但时常我也会为一场电影里面的剧情而快乐，也时常为电影里的一个小人物的悲惨遭遇而落泪。我知道我无法改变他们，就像无法去改变我最终的未来方向一样，我只知道，人的一生应该要生活得有价值，有意义，也要有质感。

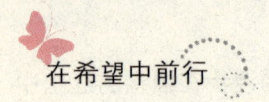

在希望中前行

　　在生活中常常是喜忧参半，或本是痛苦的，却成为欢乐的。我曾经听说过这样的一个故事，说在一家医院有两个不同的病人，一个是肝癌晚期的患者，一个却是被医院误诊为癌症的患者，那个肝癌患者听到自己得了晚期绝症，非但不悲痛，反而积极地配合医院里医生的治疗，保持一种坦然、平和的心态，能治疗好当然是最好的，不能治疗好，自己也努力过，生命本是一个过程，不管过程里有什么样的痛苦，那只是人生的一种磨砺和锻炼，也许是好的，就像我，我现在只有生的信心，相信会好起来的。结果通过一段时间的治疗，他的癌症得到有效的控制，听说现在还在健康地生活着。而那个误诊为癌症的患者，听到自己患了不治之症，整日悲观失望，形容憔悴，不但不配合医院治疗，反而拒绝饮食，通过一段时间的自我折腾，结果离开了这个美丽的世界。其实在生活中，人生的悲喜剧往往大多掌控在自己的手中，在生命的过程中，我们何不换一种心情，改变一下自我的方式，努力搭建生活的舞台，不管是落泪的，还是欢欣的，终归是你真实情感的表露。

　　人生的悲喜剧每天都在上演，喜中有忧，忧中会有喜。我们应当坦然地面对，积极地应对，当昨日的痛苦化作春天的雨在大地的温床里滑落，我们会拥有一个阳光的岁月，那会是快乐中的永恒。

衡量人生的标准是看其是否有意义，而不是看其有多长。

——普鲁塔克

窗户与镜子

窗户与镜子都是玻璃做的，只是在玻璃的基础上我们有时去除掉我们生命中的阴霾、阴影，就成为我们心灵的窗户，反之就成为我们自我的镜子。

透过明净的窗我们看到外面的风景，透过镜子我们看到自己，窗户就是我们向外眺望的窗口，我们心灵的闸门。通过晶莹透亮的玻璃，我们看到了外面的世界，看到了由远而近的浮云，看到了在屋前流动的人群，我们在不断欣赏他们流动的风景线，也在不断地把自我情不自禁地抛向外面的世界，倚在窗前，我欣赏着我所希望欣赏的，如同阳光温情地渗透，如同风雨淋漓地洒落我纷乱的情绪。在光与影的捕捉与留驻的瞬间，心如明镜，我很想融合在灵动的窗前，将我尘封的世界打开，将我的思想的轨迹随着外面的空间带向心灵的远方。

窗户是传递自然风情与心灵的载体，没有遮掩，没有阴影，我们在钢筋铁骨的围栏里生活着，它将我们珍藏，但我们会时常走到窗前，它就像我们的聪慧的双眼，给我们架起了通向外界的桥梁，就像我们每天呼吸着新鲜空气一样，使人心情豁然开朗，精神振作。在四季的变换中，在白天与黑夜的交换里，窗户展现着自然的真实，没有矫揉造作，没有虚伪浮

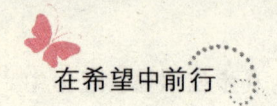

华,在自然的流动的空间,像一台网络交换机投影在你的心波里,投射着你想走却走不出的彷徨与观望。

倚在窗前,我的心会随着浮云去流动我多变的心情,随着孩童的欢笑,我俨然回到他们中间,重拾孩提时的天真与烂漫。有时也会看到一对对伉俪从我的窗外走过,我看到他们幸福的笑颜,看到他们沉醉在爱的温柔的心波里,他们的流淌着彼此之间情感的小溪,是那么近的相互融合,没有了距离。我会为他们真心地祝福,也会由衷地感受到自然中爱的天平其实就是我们幽深的自然深处。你要懂得去欣赏,也要懂得去守候,也要懂得用一颗纯净的心去真心地对待生命旅途中的每一个有缘人。在明净的窗前,我的心似乎更透彻、明亮,照亮着别人,也光明着自己。

倚在窗前,也会看到拄着拐杖的老人,那前行蹒跚的步履,深深地走在自然的风雨中,那心的足迹,那不断去延绵的人生情怀,在回望与希望中还在不停地感悟与欣赏,不断地追踪着他人生的归宿。我会感到莫名的孤单与寂寞,我的心似窗的玻璃,容易碎裂,再美丽的风景,再有生命力的人,在大自然轮回里都是短暂的一瞬间的停留,在时光无限的旅途中渐渐地消散,消失在彼此行走的岁月里。

然而我欣赏到的更多地是美丽的笑脸和来去匆匆的人生过客,我留不住他们,就像他们也留不住我一样,我们都会在各自的窗前深深地凝望。我们在注视着别人,别人也在注视着我们,我成为了他的风景,他也留在我明净的世界中。

在宁静的夜,我会打开遮挡着我视线的窗帘,向外搜寻着忽明忽暗的窗外景色,那模糊的身影,那由远渐近而又充满鬼魅的声音,还有窗外的天空的星辰,都在黯淡的色彩里充满着神秘,充满着无限的好奇,充满着对黑暗的恐慌与对黎明的渴望。有时真想走出来,因为窗外的世界是如此真切,如此令人陶醉,躲藏在自我的小屋,窗内与窗外是两个不同的世界与心境了,瞭望窗外成为我生活的习惯,也会成为世界走进我的窗口,我的心慢慢地豁达，我的心境慢慢地随着自然世界的脚步变得平和与稳健。

窗户是打开心扉的门，而镜子是关闭着自我的窗，只关注到自我的存在，使自我的世界投影着一层薄薄的隔膜，将我们与自然隔离开来。镜子是自我情绪与自我流连的风光台，在自我的风景里，独自去欣赏，独自去展现个人魅力，在镜子里我们仿佛看到存在的小我，存在着不被人知道的秘密，存在着欲望无法延伸的心灵的发泄。在镜子中你会发现另外一个你，你的举手投足，你的翩翩起舞，会随着你心的舞动变化着你的色彩，你的角色。你的双重的人性，在你燃烧的烟卷里模糊着你的视线，你会找寻不到真实的你。

是镜子中的世界让我们无法面对我们的虚幻，还是镜子中的我们难以还原我们的真实，是我们无法让我们的心明净，还是沧桑巨变的红尘使我们裸露的身影变得憔悴。明镜亦非台，何处惹尘埃，其实我们无非是自然世界里的一缕尘埃，自然的风霜雪雨使我们不断地沾染着尘世的灰尘。我们应该更多擦拭身上的尘土，让自然的光芒清新地照射进来，让纯净的你映染你昨日的忧伤与踌躇满志的神情，你会有种风轻云淡的感觉，心灵的世界也会为之扩大，也会变得更加灵性与自然。

其实我们的心应该像明镜一样平静。在镜中，我们应该穿透镜子中遮挡的物质，将心中的阴影除却，将自己心灵中明镜的世界不断地扩展开来，融合大自然的光和热，温情地去关怀别人，同时感动自己。

人生就是一面镜子，我们往往更多地鉴别别人，也在不断地休正着自我。在镜子的面前，我们微笑，她也一样去微笑，我们痛苦它也随着去痛苦，然而镜子呈现给我们的更多地是一个平面的物体，一个投射与反射人生美与丑的衍生的承载体。

窗户与镜子都是玻璃做的，只是在玻璃的基础上我们去除掉我们生命中的阴霾、阴影，就成为我们心灵的窗户，反之就成为我们自我的镜子。当我们真正地走出自我尘封的世界，当我们心灵为之纯洁高尚宽阔的时

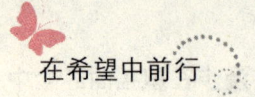

候，我们心灵的窗户也会随之打开，去真心地面对尘世间所有想去爱与眷恋的人们以及美丽的大自然。镜子是我们心灵的芳草地，而窗户是我们心海的世界。在汪洋的海的世界遨游，我们也会时常想起心灵的那一片绿洲，那个曾经让我们去穿梭，去真心回望的自我人生，在那片色彩里，我们融合着人生的窗户，走向心灵更为无限的宇宙空间。

自己活着，就是为了使别人过得更美好。
——雷锋

第三辑 漫步在飘摇的红尘中

寻找完美的叶子

寻找完美的叶子,就在我们不完美的情结里,就在我们追求的希望里,我们在不完美的生活中得到更多完美的心灵感受,那是我们心与心的坦然面对,那是我们和谐的生活情趣,那是我们用心去珍藏我们心灵的那一片绿。

世界上没有两片相同的树叶,每一片树叶都会有各自的特点,也会拥有阳光赋予的娇嫩和多样的自然色彩,当然在自然中也会呈现各自的残缺以及不完美的特性。其实,自然的也是真实的,也是富有存在的意义,我们不必为此更多地长吁短叹,这也许是自然的法则,也是自然长河里代代繁衍的结果。

在人生的长河里,我们不断地打开心灵的叶子,可我们总感觉灵魂的叶片太小,不太活跃,感觉跳跃的人生舞台没有自己想象的宽度,感觉到自己只是扮演着人生的小角色,而不能更多地改变,寻找灵魂更为宽广的空间,寻找自我的完美风景,一直在相当一段时间困惑着我们,使我们不能真实地对待自己,使我们欲望的心灵无休止的苛求。其实不是因为我们在完美的梦幻世界中遐想,而是我们不能正确地看待自身的不完美,而错失了生活真实的元素。其实生活中不完美的体现实际上是人生的和谐与自

然，那里面包含着我们人性的优点与缺点，包含着我们对人生的处世态度，包含着我们在天地世界不停地去耕耘、播种的幸福。

在生活中我们常听到有人议论是非，在市井的小巷，在饭后茶余，在喧哗的闹市，在茫茫人海里，我们裸露着自我的表象，在人前剥离开来，那渺小的自尊时常让人难以去忍受别人的数落、别人的尖酸与刻薄。其实在自然的生命里，我们都怀着对生命的好奇，怀着对理想的眷恋，怀着对人性的真善美的追求，怀着对情感的温情与关怀，努力地去相互维系彼此的人生。我们都犹如大自然的一片叶子，在不同的位置上都会有各自的色彩和价值，不管你处在大树的顶部还是根部，都在给予根系的营养与心灵的调和，每一片都是不完美的，但又都组合成人性的完美。

每一个人都有自我的优势，都有存在的客观现实，因此不必苛求对方，给对方一片心灵的芳草地，让他（她）去种植心灵的绿洲，大与小，方与圆，并不是我们更多去考究的，但我们都在努力辛勤地播撒自己的热血与汗水，在滚滚的红尘里留下我们生命的足迹。

在心与心的碰撞与融合里，我们更多地看到婚姻的重组与离散，婚姻生活就像盛开在玫瑰花园的花朵，需要我们精心去呵护，需要我们时常去更新，时常彼此欣赏和懂得对方的美丽。一味地追求生活的不现实，情感的纯真度，一味地强调对方要超凡脱俗，要鹤立鸡群，其实不是我们想得到就能马上得到的，在平淡的生活里追求我们生活的真实与心灵的平和，积极地面对我们已经存在的不利的环境和心境对我们的人生反而有益。

有这样一个令人回味的故事，一位老和尚想从两个徒弟中选一个做衣钵传人。一天，老和尚对徒弟说："你们出去给我捡一片最完美的树叶。"两个徒弟遵命而去。时间不久，大徒弟回来了，递给师傅一片并不漂亮的树叶，对师傅说："这片树叶虽然并不完美，但它是我看到最完美的树叶。"二徒弟在外面转了半天，最终却空手而归，他对师傅说："我见到了很多树叶，但怎么也挑不出一片最完美的。"最后，老和尚把衣钵传给了大徒弟。

寻找完美的叶子，一心只想尽善尽美，最终常常是两手空空，人世间的许多悲剧，正是因为一些人热衷于追求虚无缥缈的完美的"树叶"，而忽视平淡的生活。其实平淡中往往也蕴含着许多伟大与神奇，关键是你以什么样的态度面对它。

人生本是一条充满遗憾的旅途，而在这条生命旅途中，如果我们过多地去追求梦幻生活的伊甸园，会错过我们生活中美妙的风景，也会错过生活中最真实的感动，何不珍惜我们生活中拥有的，尽管不美丽，尽管不令你赏心悦目，不令你富有，但会让你感觉到可爱，让你感觉到真心真意，让你感到生活的稳定与安全，让你感觉前途还是一片光明。

寻找完美的叶子，如同生命的船只不能同时跨入两条河流一样，只是我们心中的遐想与未得的一种心灵的抚慰，使我们在人生长河里时时洗涤自我，去真心地靠近自然。寻找心灵的那一片叶，就像我们在痛苦与快乐中的短暂回顾，就像我们在心灵的畅想里去深深地珍藏我们心中的完美的情趣，就像在你的心的一隅，沉沉地思索与感念你想圆却不能圆的人生等待和希望。

不管是人生还是最完美的叶子，都会随着花开花落，随着生命的季节凋零着。此时此刻，我更在乎的是我们曾经拥有。曾经的默默注视，曾经的辛勤耕耘，曾经的牵手相连，曾经的患难与共，以及更多平淡无奇的生活点滴与感动，都已经汇成生命的大河，将人性的完美与不完美已经完全融合在我们的心中，提纯着我们灵性的自然。

寻找完美的叶子，就在我们不完美的情结里，就在我们追求的希望

里，我们在不完美的生活中得到更多完美的心灵感受，那是我们心与心的坦然面对，那是我们和谐的生活情趣，那是我们用心去珍藏我们心灵的那一片绿。在风中，在雨中，我还在寻找着我们心灵的那一片叶，那会是完美的，也会是不完美的。

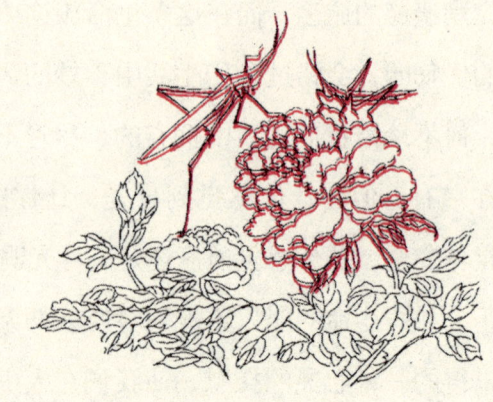

要知道对好事的称颂过于夸大，也会招来人们的反感、轻蔑和嫉妒。

——培根

第三辑 漫步在飘摇的红尘中

小 溪

小溪总是隐逸在大山深处,始终生生不息地流淌着她们心中的柔情,她们很难被人发现,也很难让人知道大江大河是从她们这里开始起源的。

我喜欢潺潺的溪水,就像在柔柔的水波里弹奏着我的心弦,让我在美妙的旋律中感受大自然的真实与和谐,让我真情地融入,使我减少世事的纷争与繁杂。我得到暂时的平和与安详,在小溪水里,我能看到清澈见底的水面,首尾相互衔接的鱼儿在水中游来游去,我能感觉到它们在水中是无比地欢快,心灵世界是多么地纯净,它们相互凝望着,呼吸着清新的空气与天然的氧气,在潺潺溪水中,在深深的峡谷里度过着它们年复一年的青葱岁月。

小溪总是隐逸在大山深处,始终生生不息地流淌着她们心中的柔情,她们很难被人发现,也很难让人知道大江大河是从她们这里开始起源的。在默默无闻的岁月里,她始终在仰望着天空,有时也会深情地回望走过的高山峡谷。那是她们的生命载体,承载着她们丰盈的世界,也是她们每天的陪伴,而使她们有了更高的向往和追求。因为我是渺小的,但我的心是流动的,总会有那么一天会流向我希望的领地,去走向无限的海的世界中去。

在漫漫的征途上,小溪义无反顾地朝前面行走着,在她的前面时常会遇到高山的阻拦，也会遭遇到深深的低谷，使自己坠落万丈深渊。在苦闷与忧郁里，在彷徨与寂寞中，她总是在寻找着生命的突破口，积蓄一切可能的力量去冲破岩石，冲垮前面的铜墙铁壁。也许更多地时候是一种等待，是一种无日无夜的挣扎，挣脱欲望的牢笼，那是新生活的出口，那是对人生神秘的渴望与探求，也是对生命过程的一种深深的无奈与感召。因为我是小溪，我不能永远这样沉寂，我需要成长，我需要有更多地温床来包揽我的世界，我需要一个方向，那就是百川归海，我要融合在自然中更多地河流里，来掩饰，来倍增我的信心，但我时常会流泪，在黯然无色的漩涡里，我担心我被卷入，我担心时光之涯将我的勇气冲淡，担心自己永远只能成为以前的小我，而不能成为真实的自我。

  人生中的小溪常常伴随着我们走过生命的每一段路，特别是在童年，在阳光温情的照射下，我们无忧无虑地生活着，我们的天真，我们的梦想，我们的纯净，我们的自然，都如同潺潺的小溪在我们心中划过。在那个岁月里，我们渴望着自己变成大人，渴望着拥有自己美好的事业，渴望着能找到一个靓丽的佳人，我们还要游到更为辽阔的世界中去，那里会有更多地色彩来装点我们美丽的童话。

  不求名闻天下，只要独善其身，在她的心中其实是一直追寻心境的宁静与超脱。追求大自然是她真实的本真，在欲望的无限扩延里，我们看到更多的是小溪得到自我境界的提升，而不是物质的沉沦。

  滚滚红尘，我们时常看到小溪无声无息地穿过高山、峡谷、草地、山林、绿洲、荒漠、戈壁。她时常伴歌而行，在寂静的世界一个人去走，去吟唱心中久远的欢歌。也许是孤独太久，静寂中只能听到她一个人的心跳，也只能感受她自我的音符。她在划破黑暗的光亮中很想与月亮真心地交流，她梦想朦胧的月光能带给她柔情与爱恋，与此同时小溪会时常在黑暗与光亮里泛起一丝涟漪，似乎在轻声地诉说："你听到我了吗？你感知到我的存在吗？你是否陪伴我一路同行，是否给我安慰，给我以心灵的抚慰和眷恋？"

  小溪依然在有限的时空里无限地波动着心灵的潮汐向远方走去，有时看到大江大河，还能否找到她的影子？而我只感到江河的浑浊与汹涌澎湃，但我知道她已经完全融化在蓝天碧海之间。她心中的泪痕，还有她的梦想，都已经渗透在她流过的每一片深深眷恋的大地。但我时常会想起她，想起她的美丽、她的孤独，还有她永无止境的流淌的岁月，知道她已经完全融合在生命的洪流里，知道她还是在义无反顾地走着还没有走完的路，也许她在追寻着她心中永恒的世界，那里有她心中更为壮丽的人生色彩和美好的风光。

在遥远的天际我仿佛看到你从高山峡谷走来，在迂回与曲折中荡漾着你心的波澜；你从广漠的大自然中走来，在宁静与清凉中找寻你生命的归踪；你从红尘中走来，带着你的稚气与天真，还有你满怀的好奇，走向遥远的旅途。你是生命的母体，你是舞动的精灵，生命之水在你的心波里，在你的足迹里缓缓地流过，渗透到每个人的心田。

放纵自己的欲望是最大的祸害；谈论别人的隐私是最大的罪恶；不知自己的过失是最大的病痛。

——亚里士多德

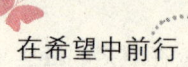

在希望中前行

夜听风声

夜听风声，已经成为我生活的自然。今生无限的渴望，已经融化到风中的承诺中去。那是世事爱的生命的影踪，是自然的风声，将我轻轻地剥离开来，又不断地去聚拢，渐渐地融化在风起云涌的生命长河中。

走进夜色中，我倾听着风儿捎来的消息，那是遥远的爱人在温情地诉说，那是四十轮回的叶片在风中轻盈地飘落，那是深山竹林敲响的旋律，更是风声在夜的神韵里自由地舞动，带着我漫步于心的步履，沉淀着我真情，在寂寥的世界里深深地游荡。我在追寻，我在轻轻地呢喃……

你听到了吗？我一个人走进我的悠长，在悠长的岁月里感受风中雨水的滑落，我沿着生命的光亮前行，雨水早已经将我浸透，风儿将我的周身环抱，我拥抱着清冷的风，我淋漓潮湿的雨，孤独的心彷徨着，静静地走进我幽深的雨巷。

夜晚几多星空，几多诡秘，在神秘的黑暗里，我早已经习惯晚来的疾风，不管是春风，还是刺骨的寒风。我迎合着自然的风声，有时感觉到像是初恋的女人般绽放着灿烂的笑容，在对我含情脉脉地凝望。风轻柔地在对我说，亲爱的，你来了，在夜的世界我会永远陪伴着你。风声时时在催促着我迷惘的脚步，风声在温情浪漫地抚慰着我失落的心。

在潮冷的冬季，我依旧走进夜的风雨中，风声很急，仿佛对我真情地说，外面的世界很冷，你怎么还在空灵的天地里倦游。我会平静地对风儿说，冷了的是复苏的大地，在冰雪交融的世界里，我看到你感动的泪水，我听到你深情的诉说，冬日过去，春天不就很快地来临？我走进我的黑夜，我寻找着新生活的光亮，我踏着自然的绿色，行走是一种心灵的监守，聆听是一种对人生、对自我回望的思索。

风声伴随着我走过生命的每一个季节，我聆听着小路上那飘落的叶片坠落的声音，那是风的低落，那是自然变化轮回的脚步。人生是寂寞的，但不全是孤独，总会有春风细雨的陪伴，总会有心灵的和弦在生命的跳动里舞蹈。

在宁静的夜，我能听到不同季节的呼声，自然的变迁带给我喜悦与忧愁。风儿是睡美人，而风的声音将开启与关闭着我心灵的门，今天徜徉着我游离的梦，明天我等待着黎明的晨雾和雨露清凉我的世界，淡然着我忽冷忽热的心。

走进夜的地平线，我遥望着东方，那是大海的波浪在心中不停地翻滚，那是在水一方的恋人走进缘分的世界里。在风的吹拂下，给我真心的触摸，那是有形变幻成无形的风的力量，在不断地缩短彼此天地的距离。风声是一种爱的传递，是一种默默含蓄地拉扯着彩虹的天桥的温情，走进去，把你真情地相拥与环抱。

海燕是我生命中的女人，我时常感到她就是我生活的春风，在温柔地拨弄着风的翅膀，在我的世界里飘摇，我听到她的声音。她在对我轻轻地招手，她在对我深情地注视，在夜的世界，我感觉到她陪伴着我，走进深深的雨巷，她撑开心灵的雨伞，为我遮挡内心世界的雨。我仿佛听到海燕对我说："夜晚很冷清，不要一个人走啊！我会永远地在你身边陪伴。你是风儿，我是沙，和在一起是泥巴，我们是不能分离的。"虽然她离我还是那般遥远，但每当夜晚来临，我会轻盈地走向遥远的东方。我知道，我每走近一步，风儿会更加地柔和，声音会更加地甜美。那美丽的芬芳，也会让我陶醉在无尽的思念里。

夜听风声，已经成为我生活的自然。今生无限的渴望，已经融化到风

中的承诺中去。我守候着海燕的归来,那是一种晚来的风,那是一种爱的生命的影踪,是自然的风声,将我轻轻地剥离开来,又不断地去聚拢,渐渐地融化在风起云涌的生命长河中。

今夜,我又走进风雨声中,我倾听着风的召唤,我静心地打开我冷雨夜的心扉,风又来了,还有那美妙的声音,在对我呼唤:亲爱的,我爱你,你回来吧!

不管怎样的事情,都请安静地愉快吧!这是人生。
我们要依样地接受人生,勇敢大胆地,而且永远地微笑着。
——卢森堡

十字路口

十字路口是我们走向自然世界的窗口。我们每天都在选择,都在用心地去行走,在红绿灯下,在人海的世界,在车水马龙的瞬间,我们找寻着自我,成就着自我,还有在矛盾与幽思中,苦苦冥想打开却未能打开的世界。

茫茫人海,路途在不断地延伸,延伸着我们的快乐,我们的寂寞,我们心中对寰宇神秘的渴望。我们时常走在路的中央而徘徊,那通向东西南北的岔道,犹如我们人生的方向,在左右着我们的视线,在彷徨着我们心灵的脚步。十字路口是我们每天都要去走的,都要用自我的灵性去打开沉积的山谷,那一头,是否是我心中向往的梦缘呢?

不管是在繁华的城市还是在偏僻的乡村,我们会面对许多十字路口,有的为我们指明前进的方向,有的却欲盖弥彰地掩饰。面对人海如潮的涌动,我们会盲目地跟随着别人的脚步去行进。那里是喧嚣的集市,那里是人生的竞技场,那里是我们徜徉的美丽花园。实际上每一个人去处都不同,今天一忽南北,明天一朝东西。在各自的人生轨迹里,我们穿梭着路的圆点,相互去交融,又不断地渐渐行远。

走在十字路口,我们备感融合城市人海的陌生,面对宏大的圆盘,相互交错的天桥,还有立交桥,不知前往何方。在红绿灯下,车水马龙中,我不敢放慢我的脚步,时间在追赶着我生命的华年。其实有的时候判断总是错误的,走进去,我穿梭在一个又一个人生的十字路口里,我似乎被眼前的风景所迷惑。走进深深的巷子，走进看不见路牌的胡同，我犹如进入迷宫。然而看到的、听到的、所领略到的，并不是我所希望的目的地，所以辨别十字路口非常关键，往往决定着人生的终极方向。我们要学会擦亮眼睛，分辨是非，找到一条真正属于自己的人生之路。

在人生的十字路口，我们会面临很多的困惑，并不是所有的路都是那么一马平川，并不是所有的十字路口都通向生命的绿洲，也许左边是荒漠，右边是戈壁，前面是高山阻隔，后面是一望无际的大海。我们无论走向哪里，生命的岔道都在向我们轻盈地招手。我的青春与热血，我生命的沉淀与升华，都聚拢在这条人生的路途的中央。我在选择，我在矛盾，我在审视着我的人生，但我必须勇敢地迈过去，不管前方的路多曲折，不管生命的激流将我冲刷到何方。我真心地懂得，迂回中总会找寻到自我人生的坦途，变换中依旧会平荡着我彷徨的心灵。

记得小的时候，我就知道南辕北辙的故事，生活的起点都一样，可我们有时选择的方向不同，并且有时明知道方向是错误的，还继续往前走，这样离人生美好的目的地愈加遥远，也就远离了快乐与幸福。我们不要小看每一个十字路口，因为一旦走错，不仅仅耽误着我们时间，影响着我们前行中所看到的风景，更重要的是人生不能重复度过，生活的胡同会将自己狭窄地堵塞在原处。

人间事难遂人愿，且看明月又有几回圆，十字路口就像人生的坐标，我们并不知道所选择路标就是绝对正确的，那只是在一定的时间段自我的感觉，自我的心里的沉浮吧。那会是风的方向，我会随着风，随着自我行进的步履去深情地走过。

思雨是一个可爱的女孩子，大学毕业后被安排在市一所医院做医生，天生丽质的她成为许多男人追求的目标，面对诸多的人生选择，思雨如同站在人生的十字路口徘徊。到底选择谁呢？选择财富，还是选择爱情？能否财貌双全，能否一见倾心呢？其实世间的人与物是不可能尽善尽美的，拥有这个同时，也会失去另外的一小片天空，不可能什么都好，也不会什么都不好，后来听说思雨选择了一个爱她的普通的男人，而且思雨也很欣赏他的才情。其实每一个人站在十字路口的想法各不相同,有人喜欢走进繁华的闹市,有人喜欢去寂静的公园里闲情漫步,心里所想,决定你前行的步伐的角度和尺度。人生中的事业,爱情,诸多方面亦如此。

过了几年,有朋友问思雨,你幸福吗?你快乐吗?思雨恬静地笑了,感觉找到了真爱。人生的相处与婚姻的配对,都在自我的圆点去勾画有限而无限的人生旅途,在自己踌躇满志的人生区间里,你要善于区分自己的人生方向。也许有的看似是美的,但不一定都让你以后能赏心悦目,能相互地融合彼此的风景。有的看似是荒凉的地段,但可能蕴藏着深厚的情感底蕴,使你一生为之追随,去开拓现有的和未有的思维以及人生更加广阔的空间。

十字路口是我们走向自然世界的窗口。我们每天都在选择,都在用心地去行走,在红绿灯下,在人海的世界,在车水马龙的瞬间,我们找寻着自我,成就着自我,还有在矛盾与幽思中,苦苦冥想打开却未能打开的世界。

走在人生的十字路口,我们面对着尘世的风雨,在风雨中我们会有我们的成功,会有我们难以启齿的失败,但走过依然会走过,没有走过的还会走进更加广漠的人生旅途,一切都将在重组中变换着我们人生的十字路口,你会走进去,也会真心自然地走出来。

人是为了思考才被创造出来的。

——帕斯卡

在希望中前行

花开花谢

生命的花开花谢，自然的聚散离合是无法避免的，学会坦然地面对，以积极的心态应对生活的自然，才能更加宁静，更加珍惜今天。

人生如花，在花的自然世界里，我们竞相吐艳，装点着我们绮丽的生命的华裳。

花期似梦，每一个季节轮回的变迁，都在自然的花园里生生不息地展露娇艳与美丽，芳香依旧，而生命的重生与再现，在深情的大地里相互转化与延续。

生如夏花之寂寞，死如黄花之静美，花开花谢，潮起潮落，构筑自然的长河，在原始的生态地里，我们可以看到许多不知名的花，她们静静地置身在原始丛林里，没有人去走近，也没有人去亲吻她们的芳香，但她们依然存在着，繁衍着她们的寂寞，还有对无限生命的展望。那是寂寞中不认识寂寞的缘由，那是花开的季节里不愿意去凋落自我零散的花瓣，梦想着与自然共存，与天地共舞。

在花的世界里，花开花落伴随着季节的变化，左右着她初生的羽翼。有的花开时间很短，如昙花，花开就意味着凋谢，有的花开间隔时间很长，如铁树、依米花等，需要几年甚至更长的时间，才开一次花。当然更多地是伴随着四季，感受不同季节的花的芬芳，所以在美丽的花园里，我们可以看到每一个季节所盛开的鲜花，让我们在春天里感受花的清新与明快，在夏天里感受花的火热与激情，在秋天里感受花的淡雅与幽深，在冬天里感受花的温馨与暖意。时光在奔走，而花的芳香依然飘散在我们每一个人的身上，心醉着我们的自然。

花开花谢演绎着花的历史，也恬静着她们想追求完美的花心，实际上残缺与遗漏的花瓣总是在风雨飘摇的季节里，淡淡地随风飘远，融化到深邃的大地的幽谷阑珊中去。岁月的无情，时光的默默流淌，使粉红的玫瑰黯然失色，悄悄地消逝着昨日的美丽与芳香，然我们手留的余味，还在我们心灵的渴望里重现，可一切都已经远去，一切都将有新的开始。

我时常走在花丛中，在花的海洋里尽情地欣赏她的妖娆与美丽，我喜欢在花开的季节里去采摘我心灵的花瓣，更喜欢追求我粉红玫瑰的情感的梦幻，虽然带刺，虽然花开的时间并不漫长，但我不停地去品味，去靠近，去真心地融合，也喜欢在宁静朦胧的月光中，走近夜兰香那洁白的花瓣，那股清幽的芳香在沉浮的人生中凝聚成一团心灵的美酒，咀嚼着我的甘甜，芳香飘满我来去的风光中，沉醉在那片海。

我们感叹花开的灿烂，也不无遗憾地感叹着花落的无痕，正如人生的舞台一样，有舞台的搭建，也会有谢幕的时刻，不管其中多么的光亮，多么的璀璨，终归是永恒的一瞬间。在寰宇的空间，我们都争相共求着那一份心灵的色彩与光亮。虽然如同流星一样的短暂，但我已经深深地划过天空，留下我难忘的足迹。还有那持久的芳香，在大地的深处飘荡着，游离着我归去来兮的影踪。

我犹如生命的花瓣，在灿烂着，芳香着我的自然。

在梦中，在时光的回望里，我看到我可亲的妈妈站在她培植的花园里，拉着我的手说："儿呀！花很漂亮，需要精心地培管、浇灌，才能开出最美丽的花朵，然而花开的时间却很短暂。"我对妈妈说："既然短暂就不要去管理她，让她在风雨中成长不是更好吗？"妈妈会心地笑了，当然，既要领略自然的风雨，也要赋予人性的关爱，这样花才能开得更娇艳夺目。不管她的生命是否短暂，花开一瞬也是美丽的永恒。正如我们人生旅途，今天我还在人生的风光中与你站在一起，也许明天我就要离你而去，去走向永恒的瞬间。生命的花开花谢，自然的聚散离合是无法避免的，学会坦然地面对，以积极的心态应对生活的自然，才能更加宁静，更加珍惜今天。还有我们藏留在彼此心中的芳香，那是心灵的花瓣，那是我们心中滴落的泪花，那是我们不忍分离，然不得不离开的真实的缘由。今天的花开花谢，也是为着明天的花开的美丽去永恒地传递着，耕耘着，那是我们的希望，我们无限快乐的梦缘。

　　花开花谢，是我们自然风光中交叉的风光带，在无限的美景中，我们都成为生命花瓣中有限而无限扩展的那一片心灵的海。

凡不是就着泪水吃过面包的人是不懂得人生之味的人。
——歌德

雨夜的寂寞

寂寞的雨夜其实并不寂寞,那风中有朵雨做的云,我飘逸着我风中的舞姿,我融合着雨水在寂寞中流淌,流淌着我对过往的怀念,流淌着我对生命的依恋。

今夜的雨,伴随着我在寂寞的小巷里走着我的悠长;今夜的雨,伴随着秋风中的落叶,零落成泥碾作尘,只有香如故;今夜的雨,在迷蒙的夜的阑珊里沉醉,沉醉着我剪不断,理还乱的愁绪;今夜的雨,在自然的怀抱里倾泪,那是寂寞,那是风的呢喃。

在夜色中,我倾听着雨滴落的声音,有时是和弦的温柔在无边的旷野里轻轻地弹奏,有时是一泻千里的江河在奔腾地流淌。在黑暗与暗淡中,在朦胧交融的光亮里,雨夜把寂寞沉重地碾压,又把寂寞千百回地拉长。

夜雨在苍茫世界独自地洒落自我落寞的绸缎。在深深的夜的黑暗里,去欣赏人生路上美与残缺变换抖落的风景线。你会在寂静中感悟自然的风雨,在凉淡中体悟身心的爽快,在滂沱中感受生命的负荷,在清冷中体会到人性的孤独与彷徨。

我喜欢走进绵绵不断的雨夜。在雨中,我仿佛看见海燕打着花雨伞,伫立在离我不远的风光里。我看到她对我深情地凝望,那温柔的小手,在雨中不停地摇曳着她情感的方向,雨夜阻隔不住彼此相约的地点,雨夜隔断不了此生相爱永恒的距离。

记得那个深秋的雨夜,海燕与我走在川紫河畔,杨柳依依,雨水透露

在希望中前行

着清香，清香沁透在彼此心海的世界。我对海燕说："亲爱的，你会喜欢下雨的夜晚吗？"海燕轻柔地把手搭在我的肩膀上对我说："我喜欢，特别是有你的陪伴，我不会寂寞。实际上我很少在下雨的夜晚出来，因为我不愿在淋漓的雨水中将自我的心扉潮湿，也不忍看到孤单的身影在雨中随着雨水的零落流向那不知道去处的沟壑。"

后来随着年岁的增长，随着对生活的感悟，随着更加融合自然的风雨，我慢慢地走进雨夜的天空，我看到了自我寥落的身影，也看到前方烟雨朦胧的世界有我的渴望与追随。寂寞的雨夜其实并不寂寞，那风中有朵雨做的云，我飘逸着我风中的舞姿，我融合着雨水在寂寞中流淌，流淌着我对过往的怀念，流淌着我对生命的依恋。

海燕在一雨夜离开了我，海燕真心地对我说："我喜欢上了雨夜，可我更愿意在雨夜的来临，你能长久地陪伴我，可我又要走了，你会寂寞吗？"我说："偶尔会。"有一瞬间的停留，因为雨水总会打湿我的双眼，催生我生命的泪滴，使我感动，让我的泪水与自然的风雨交织在一起，那是快乐的，因为雨夜的寂寞的围栏里总会知道你在用心打着心爱的花雨伞，为我们彼此打开着心灵的光亮，温暖着潮湿的心海的天空。雨夜让人愁思缕缕，但更让人的情思在雨夜的寂寞中一点一点地相连，流向遥远的来去的生命旅途。

雨夜的寂寞是在忙碌的人海里对自我的人生情感的宣泄，如同生命的雨总有夜的迷茫与夜的徘徊，但寂寞中总会找到自我真实的缘由。我其实并不害怕寂寞，只是身边没有你。

在一切大事业上，人在开始做事前要像千眼神那样察看时机，而在进行时要像千手神那样抓住时机。

——培根

第四辑

在希望中行走

人生是一个希望的旅程，在希望中行走，让我们不断地欣赏自然的景色，使我们感受生活中的快乐与成功，使我们懂得在希望中行动是真实人生的心灵足迹、丰盈人性的真切情感。

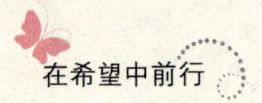

我所认识的贺静

那是一位蹚过男人河的女人,那是世纪的沧桑与变迁改变着的美丽容颜,在淡淡的余香中我在找寻着她的足迹,找寻着常在洞庭湖边澧水河畔踽踽独行的女人。

认识贺静纯属偶然,去年我的散文集《有一种思绪叫怀念》被中国著名80后作家施晗主编采用,内蒙古人民出版社出版,因此有幸在施晗老师的博客中看到了既有点熟悉又陌生的名字——贺静,她的散文集《有一种忧伤穿越我的情感》也在这次"智慧成功文丛"里面,我感到惊讶也为之欢欣,作为湖南常德文学作家只有我和她的文章被选用,但很惭愧的是,我却不曾与她相识,也谈不上在学问的领域向她探讨与学习。

以前的我经常穿梭在网络的论坛,在湖南作家网主页里面我看到过她出版的一部专集《一生最爱宋词》,因为我从来没有出版过我的作品,对于我来说,感觉很遥远,因此对于她的成就我也只是远观,感觉与我无关,也感觉别人的快乐永远是别人的,而自己是无法去分享喜悦的。人有时就是这样,当你真正地能站在起跑线上的时候,才知道自己也在路上,才知道自己也会拥有无限的潜在的能量去拼搏,才真实感觉到我们是同类,是同样可以怀着希望去行走的人。

有一天,我查询到贺静的博客,从中知道她简单的介绍,我急切地想走近她，因为在我看来，她应该不会拒我于千里之外，当然文学美女大多心高气傲，是不好去接近的。因此当我把电子邮箱里的信件发送过去的时候就怀着平静的心理，能与我沟通则好，不与我交流也罢，我反正也不会失去什么！两个多月漫长的等待，她终于给我回了信息，并将她的 QQ 号码告诉了我，我知道她接受了我的邀请，已让我与她成为网络中的朋友。欣喜之余，我认真地欣赏她的作品，感觉我们的风格是有所不同，她如同跨越千年的白狐，又如从远古走到今昔弹奏的琴瑟。在她行文流水的文字里，我看到她淡淡的忧伤，也看到了她对情感真实的怀念，还有她的孤独与寂寞、彷徨与徘徊，那诗一样的旋律起起落落，将每一个读者的心时而关闭，时而又豁然开朗，让心灵为之去散步，让歌声在天地中来去回荡，那是一位蹚过男人河的女人，那是世纪的沧桑与变迁改变着的美丽容颜，在淡淡的余香中我在找寻着她的足迹，找寻着常在洞庭湖边澧水河畔踽踽独行的女人。

　　在网络中我们通过 QQ 聊天，我才知道她是一位小学老师。她常对我说："平淡才是真，这么多年，我早已经看淡世事的风云变幻，名利如流水，转瞬就看不见。出版文学作品只是我的爱好，我只想更多地表露我的心迹，在平凡的岗位上找到新的精神支柱。我喜欢文学，喜欢古代诗词，喜欢历史中的人物，因为从他们身上我丰富了我的情感，丰富了我的人生，其实平静如水，才是真实的静。"我对她说："认识你我很高兴，并能有机缘成为朋友。"我不想更多地找寻她现实的情感，还有她隐逸的芳踪，我只是想与她探讨学习，在寂寞的人生之旅中有一个真正携手的文学朋友与我常常相伴，给我鼓励，一起走好文学之路。

　　贺静一直生活在理想与现实的栅栏里，当然在宁静的生活圈子里不乏很多文学的朋友，但由于她静若处子，别人难以忍受她深深的冷的幽谷而悄然离去，来了又去也，留给她许多感人的故事和动人的篇章。我不能随便地说好与不好，我只是觉得世界上确实有很多人是很难真心地明了她，她似乎活在过去的世界里，常常在她的文章里我能看到她吹箫在竹林，在幽深的小道一个人独自行走着她的悠长，我知道她在等待着音韵和谐的伴

在希望中前行

音,她在守候红尘中的千古骚客,寻求着共鸣,默契着不能默契的方与圆。我无法走进她的世界,但我又很想弄懂她,就像弄不懂我的人生一样,在寻找着心中的疑惑。

常常在网络的世界里有关于她的传说,因为她是一个冷美女作家,灿烂中又像是孤星点灯,柔弱着她的光亮,在群星璀璨的光芒中她悄悄地来,又静静地离开。她不希望别人的众星捧月,也不希望扰乱她正常的生活轨迹,也许是她的与众不同,偶然也会遭到别人的非议,冷嘲热讽。但她一直很冷静地说:"人与人之间是不同的,我不能完全要求别人怎样去评说,我只是用心去抒写我的情感,抒写我流逝过的青春岁月,我很喜欢造梦,很愿意回到亘古的年代,因为那个岁月里一样有我们的不了情。"

我经常给予她轻声的问候,她也常回敬我一个美丽的笑脸的图像,有时看她不理会我的时候,我知道她肯定又在静心地写作,她曾对我说,有段时间她放下手中的笔,不想再去写。我对她说:"你不去写文章是对读者的一种损失,因为你的文章总能传播一种精神,一种情感的回归,还有对未来的一种期盼。其实我知道你喜欢自我的世界,喜欢在寂寞的种子中开出你心灵的花环,但人生活在这个社会里哪会没有人去说,不管是做得好,还是不好!你自己就是心灵的天平,你用你红尘的脚步走出了你的真我,会用你一颗真实感人的心感染红尘的每一个人。"

出版的书还没有到,她对我说:"不要着急,书很快就会到了,很多事情就是好事多磨,只要我们用心去撒播,以后会出版更多地书籍,这样我们都不白白地在世界上走一回。"我欣慰地点头,我跟她说:"我准备加入省作家协会。我现在只是中华当代文学学会会员,而你出版了两本书,完全有资格去申请加入。""呵呵!是吗?你不说,我还难得去想,我觉得很麻烦,我不喜欢去打理,也不擅长拉关系,我不过是一个文人而已"。"不要这样去想,名与利就像我们人生的台阶,站得台阶越高,我们所看到和欣赏的风景也会有所不同,会有种令人耳目一新,高楼望却天涯路的感受的,你现在不是一步步攀高吗?那你就走进去,我陪你去走好了。"她会心地笑了,"好啦!随你啊!那我就申请了。"后来听说她已经得到省作家协会的入会申请,相信她不久的将来会写出更多地精品文章来回馈许多关心她的人,因为贺静总是说得很少,唱得很少!而她弹奏得很多,那会是她永恒的心灵旋律,在千古的岁月中沉淀与升华着她的人生。

认识她许久,但我一直没有与她相见,我觉得见与不见,都在彼此的心中,距离反而能增加彼此之间更多地美感,更多地吸引和悬念,我也知道我们有一天总会见面的!她常对我说:"你好好努力,老师一直都很欣赏你,希望你写出脍炙人口的作品来,这也是我非常高兴想要看到的,一切都会好起来,一切都会有新的开始的。"

在茫茫的人海里,我会找寻着她的身影,会用心聆听着她从遥远的地方发出的心灵的颤音,那是千年的白狐,在依然地走着她的路,她的人生,还有她的文学舞台。

如果工作对于人类不是人生强索的代价,而是目的,人类将是多么幸福。

——罗丹

在希望中前行

在希望中行走

那是我们一生都需要去真诚地、努力耕耘的土地,那是我们生命中每一个人去寻求的答案,那是成功,那是幸福,那是快乐,那是永恒的爱!

在希望中行走,这是人生永恒的话题,我们生活在现实中,期待着将来,在过去与未来,存在一个现实的你和我。在你我不断延伸的轨迹中,不断去拓展的空间,那是我们一生都必须要去行走的人生路,这里有失败的痛苦,也有成功的喜悦,犹如一个舞台,我们每天去搭建,每天辛勤地耕耘,这是一个我们心中所期待与向往的梦缘!

每一个人有自己的活法,也会有不同的生命哲学,在不同的现实围栏里,我们不必苛求别人的生活方式和你相同,但我们是为着幸福,为着快乐的生活情趣而来到这个世界。人生的意义在于生命旅途的风景,若能很完美的融入在风光里,那会是心中的一片蓝天,是你梦中的伊人,是你心弛向往的地方。

在希望中无所谓有,也无所谓无,常常是偶然与必然的结果,也常常是碰撞出心灵的火花燃烧着幸福。我喜欢行走,伴随着心灵在散步,伴随着和煦的春风,伴随着幽雅的旋律,一个人,还是一个人,在彩霞满天的世界里苦苦地思索着黑暗与光明的转逝,我迎着风雨,在旁若无人的人海里追寻我生命的足迹。也许很多人不愿意去走,也许不是他(她)的希望,可我懂得我自己,我是生活中的自己,我只能走过我自己,因为在灵动的心波中总会畅想起我心中的旋律。我要真心去表白,真实地去生活,用我心中的笔去书写我的世界，我希望留下我的光亮般的影子，像流星般璀璨，像恒星一样永恒。

在希望中行走，我已经走过了人生的仲夏，迎来了生命的仲秋，在中秋的岁月，我还在不断地行进中。我会常想起中秋的圆月，也会感念着世间聚散两依依的情节，更多地时候，我会怀念我的过去，曾经走过的路，那里有我的辛酸的往事，也会有孩提的欢乐，更有得失的难言与思索。痛苦也好，快乐也罢，都已经在我的人生长河中沉淀。它沉淀着我的爱，我的情，还有我错失的路。

不过我已经深深地走过，在其中，有我爱的离散，有我故人的离去，有我事业的跌入低谷，有我家庭的纷争等，一切的一切都在过去的旧梦中飘散开来。

但我从来没有放弃我的希望，我知道我的渺小，也知道我的不足，我时常会被窗帘遮挡住我的视线。我的小我，还有我不被人知道的哀婉与惆怅，我很安静地生活，有时像蜗牛，慢慢地向着前方的道路爬行；有时像拖拉机，拉着损伤的身躯呐喊高叫地滚动着我历史的车轮，我会收获那一片心灵的绿地。

踏着时代的脚步，我行走在辽阔的大地，每天朝着太阳初升的地方走去，平淡的生命旅途中略带生活的艰辛，还有一份苦涩而甘甜的余味，我有时深深地思索着我的人生，难道我就这样每天日出而作，日落而息的周而复始下去吗？在机械地玩弄着我的机器猫，我的位置、我前方的灯塔在哪里？是否会有一次新的生命和新的生机在等待着我呢？我要为我自己寻找我人生的答案。

人生的成败源自于对过去自我的否定，也源自于对新的自我的肯定。我必须改变我的自身，改变曾经不变的思维，去努力营造更广阔的发展空间。我一直坚信自己有一天会有更大的舞台，相信过去不等于未来！

其实爱好文学是我儿时的梦想，当我带着懵懂的心灵走向社会的时候，我才发现自己的梦是很难实现的，因为我要懂得去生活，也要学会过日子。在名利场的世俗纷争中，我感到困惑，也感觉到无奈的幽深的寂寞，当我面对着单位下岗，当我面对结发妻子绝情离开的时候，当我做生意亏本的时候，一个又一个打击接踵而来，我悄然落泪，暗自伤怀，心中的苦与痛只能一个人去承担。我很想排遣我内心的感伤，因而我慢慢地学会着孤独，慢慢地懂得在孤独与彷徨中寻找另外一个自我的存在，我学会和自己说话，也学会在人来人往的海的世界里泛起我所谓自尊而自卑的潮汐。当我静下心来细细地品味，才发现生命中的苦与痛也并不是像一些人所说的那样让我如坠深渊，让人不能自拔，而是使我多点人生的坦然和坚强，使我增添了对人生的了解，对人世间的认识，也使我更多了一份自由的心灵，我可以带着希望去前行。也许有的时候只是一个小小的目标的达成，有时只是一个短暂的惊喜，但我找到了我的真实。痛苦与快乐实际上都是靠自我去把握和权衡的，当我积极地调整好自己的心态，我又踏上新的人生征途。

　　这么多年，在孤立的人生境遇里我穿梭在网络与现实之间，游刃在江湖与网海的世界里，乐此不疲。我走进了文学的乐园——湖南作家网，我感觉到我有了一个新的家，一个真正让我排遣寂寞与忧愁的去处，一个让我心灵靠岸的地方。在这里，我认识了很多很多的文学爱好者，也结识了很多优秀的作家与编辑，他们谈吐优雅，落落大方；他们知识渊博，文笔流畅。他们常使我在精神的伊甸园里徜徉，我总是不愿意归去。我吸收着新的氧气，我接受着新的思维和文学细胞，我学会着写作，学会着发表我的文章，学会着与他们沟通，也学会着找寻我的快乐、我早已经丢失的元素。我犹如进入了一个大观园，在文学的天地里驰骋着我失落的梦、我的希望、我的未来。

　　在文学的天空，我遨游在蓝天，但我从来没有想到我也能出版自己的散文集，这是我始料不及的事情。我觉得我是个学生，在我心中优秀的作家以及文学写手太多，而我只是繁星中最不起眼的一颗，我也从没有想得到别人的认可，我只是在做快乐的事情，因为我很喜欢这里面的人群、这里的环境、我心中幼稚的文学梦。我真的从没有想到我也能成为作家，并且有我的书在全国新华书店销售。真的，我都有点不相信自己，也许是我一直在希望中生活，在生活中行动；也许是我早已经看淡生命中的得失，当一切水到渠成的时候才感觉到真实的存在原来也不是不能得到的，只是我们有的时候不敢去想，不敢去做罢了。

我很感谢我的老师——中国80后著名作家施晗主编，是他真诚地引领我，是他在万千的人海中找寻到我。我知道他也一样在找寻着他的希望，也在找寻着我们每一个人的快乐！我感动地对施晗老师说："我很想靠近你，你就是我的目标，虽然我成为不了你。"他爽朗地笑着说："这是你本来就应该得到的荣誉和收获，只是有点迟到，我希望你以后能继续在文学的道路上行走，相信你会有所成就的。"我轻轻地点头，眼泪不由自主地流了下来。

希望中我看到每一个人都在扬帆，在大海上，在碧波的蓝天上，在心灵的世界里，我们都会拥有我们的希望的田野，都会拥有深秋的甜蜜的收获。那是我们一生都需要去真诚地、努力地耕耘的土地，那是我们生命中每一个人去寻求的答案，那是成功，那是幸福，那是快乐，那是永恒的爱！

莫扎特从不为永恒作曲，但是正因为这个理由，所以他的许多作品均是永恒的。
——爱因斯坦

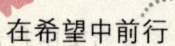

我所认识的冷凝

生命本是一个过程，就像我冷凝的意味一样，也需要经过无数次的沧海桑田的蜕变，磨合着我，还有我的人生。经过千百道的工序还有千百次的锤炼将我净化，将我深深地沉寂在我热爱的文学事业中去。也许文学是寂寞的，但寂寞过后却是璀璨的星空。

冷凝是一位美丽有知识的女性，和她的相识是一种偶然也是一种必然。因为我常在湖南作家网论坛里浏览，而她是湖南省作家协会会员，是一名在湖南文坛很有名气的作家。她在论坛里面经常给我回复，我欣赏她的文字，总感觉她是从幽深的自然深处走来，文字总能带着尘世的清香，灵动而俊美。

在文学论坛，我经常能看到她的身影，也能见到她穿梭在各个论坛，给予许多文学笔友更多地关切。我一直觉得她是一位非常热心，诚实，可以去信赖的良师益友。我经常在QQ里和她沟通，她总是安慰鼓励我：只要努力，总会有成功的那一天。其实我也是在很多文学同仁以及领导的关心和帮助下成长起来的。我以前只是一名默默无闻的小学老师，那个时候我只是偶尔去书写我心中的故事，圣洁的文学之路在我的心中就像无比光亮的灯塔，总能使我在孤独与寂寞中找寻到人生的光辉与亮点，给我更多地心灵抚慰。我常在家乡的山涧漫步，走进幽深的小巷，走进那一排排竹林，在山间我会精心地在花丛中采撷美丽的鲜花，闲情雅致地走进我心中美丽的大自然。在自然的深处，我不断地挖掘着我现有的思维与情感。美妙的旋律充实着我的灵感，充实着我真实的生活，使我的文字在生活的自然深处得到净化与延伸。

有一次我充满好奇地说，你的名字韵味悠长，名字真美。她淡淡地告诉我，其实她原本不叫这个名字，"我叫高金菊，冷凝是我在这么多年的生活感悟中浓缩出来的。我觉得冷凝是一种物态变化的结果。气体或液体遇冷而凝结，气候越冷，冷凝速度越快，实际上我以前就像是尘世空间的雨水，一朵缥缈若纱的云彩，随大自然的变化而流动着我心中的无奈情绪。我喜欢冷冷的冰霜将我的情感，将我真心的轨迹留驻，并加以凝固还原我真实的梦。生命本是一个过程，就像我冷凝的意味一样，也需要经过无数次的沧海桑田的蜕变，磨合着我，还有我的人生。经过千百道的工序还有千百次的锤炼将我净化，将我深深地沉寂在我热爱的文学事业中去。"也许文学是寂寞的，但寂寞过后却是璀璨的星空。

我觉得冷凝是有着普通人平凡朴实的特性，她总是穿着极为协调的西装，很工整也很精神，短而乌黑的发丝飘在风中，在匆匆的人海里总能见到她美丽的风景。在充满词汇的语言里我们可以更多地感受到她的清新与自然，感受到她的热情与奔放，她就像潺潺的流水流进每个人的心田。

去年我的散文集《有一种思绪叫怀念》荣誉出版，她很高兴地对我说："你终于有了一点收获，希望你再接再厉，以后多出精品，多出版好的文章给广大的读者。"我对冷凝说："其实我一直很喜欢看你的文章，只是不能冒昧地向你要书的。"她笑呵呵地说："那没关系，你把你的通讯地址留给我，我会很快给你邮寄过去。"谢谢你，在湖南作家网几年里你一直都在关心着我们文学爱好者。我很感动她的存在，她如同春天的晨风带给我清凉，带给我新的朝阳。过了几天，我如愿以偿地收到她精美的散文集《舞雨的天空》，在书中我伴随着她心灵的脚步去遨游，那青青的草，那一束无名的小花，还有山间那股温泉，都是那样让我清新与明快，我好像融入到她那书写自然的文章中去，又不停地转悠回来；也常常被她真实的情感所打动，在冷冷的夜以及深深的寒冬我仿佛看见她和以前的恋人在

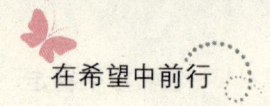

在希望中前行

一起回味着过去的点滴岁月,又仿佛看见她从遥远的心海世界走来,在无垠的广漠的绿洲里纵情地歌唱,感悟着真心的缘分世界。

今年我很激动地看到著名作家冷凝的新作小说集《情界》已由北京团结出版社出版,在全国新华书店发行。我为冷凝新的成功感到由衷的高兴,也为她孜孜不倦地求学,务实地攀登更高的文学殿堂而感到钦佩。她常说文学就像她生命中的血液在她身心里流淌,她说:"我热爱我的人生,更爱我的文学事业,我会永远徜徉其中,去寻求我理想的人生境地。"我知道她的路很长,以后文学之路在她心里会更宽广,相信她的读者也会越来越多的。

冷凝经常很忙碌,有时不便去惊扰她的宁静,也不忍心影响她的工作,但她总会在我不小心的时候跳跃着她美丽的 QQ 图像给我一声轻轻的问候。她会告诉我文章应该怎么去写才更有深度,怎么才能更好地感染广大的读者,怎样才能更好地与文学人士交朋友。我对她说:"我很内向,不善言辞。"她说:"人不是不可以改变的,情感需要沟通,文学也需要交流,以后有什么笔会呀,我想邀请你参加,这样你可以更好地走出来,接触到许多文学界的朋友,对以后的文学发展有好处。"我说:"那好!我会期待你的消息。"

前不久有一位常德籍的作者出书,冷凝盛情地邀请我参加,我很荣幸,我可以见到熟悉且又陌生的朋友。因为有很多笔友不曾见面,只是通过网络彼此交流,而且我特别高兴地知道我今天终于可以见到我熟悉几年的朋友冷凝。走进会场,我见到久违的朋友如博客里的照片光彩靓丽,坐在主席台前,我急忙地走上前去,伸出我很早就想紧握的双手,凝望着,欣赏着,这位美丽动人、清新自然、朴实纯真的超凡的知识女性。我微笑地对冷凝说:"你好,冷凝老师!好呀!我们终于能在这样好的氛围里见面,希望以后我们在文学的路上更多地携手前行。"在她的引荐下,我见到许多文化战线的领导,文化朋友,知道他们和我一样在知识的海洋里遨游,精心地耕耘着心中的希望,那是充满无穷梦幻和魅力的文学海洋。

冷凝还在继续走向她美好的人生路。在文学的天地,我总能看到她轻

第四辑　在希望中行走

轻地走来，像一阵春风，给予我们轻轻的抚慰，给予我们真心的关爱，给予我们人性的纯洁与美好。如同她以前是一位辛勤的园丁一样，在文学的舞台上一如往昔地辛勤地耕耘着她的真挚的爱和高尚的人生情感，在她优柔的笔下，在她潺潺的小溪里流淌着美丽的大自然与最辽阔的大地。

想升高，有两样东西，那就是必须作鹰，或者作爬行动物。
——巴尔扎克

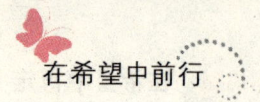

在希望中前行

我所认识的向迅

人生无非是不断去攀爬向往的生命高度，能够体现自我的价值，能够把对生命的热爱自然地融合在我们的文章中，融合在我们丰富的情感里，也是一件让我们今生为之去做，去耕耘的事业。人生无非就是一个在追求中再去跨越的心灵旅程。

向迅是一个普通人的名字，就像他的文字一样，总是浸透着泥土的芳香与自然的清新，将人带入到他久远的故乡，带向他深深挚爱的人性的关怀。他从遥远偏僻的鄂西走来，是少数民族里一颗不可多得的文学明星；他少年老成，思维敏捷，充满着对人生对自然深邃的理解与诠释；在他的诗歌的旋律里，在他的散文里，在他巴山夜雨的心灵沉思里，一切都在演绎着他真实的文学梦想。

在人生孤单的季节里，我认真地书写着我心中的故事，我从来没有想到别人也会因此关注到我，我觉得我自身的存在不会对别人产生影响。我只是一个太普通的文学爱好者，走在这文学璀璨的星空中，我什么都不是，就像我心中的黑洞，我的存在，我的无知，还有我走进和走出的惶惑，但我发现我的文章经常被一个叫向迅的编辑编排、整理和回复，我感到很高兴，因为我的文章能被他欣赏，这是我意想不到的事情。但我内心里还是希望能得到别人的认同，我不愿意成为一个局外人游走在世界的边缘。

通过短信，我会经常与他交流，也慢慢地知道他是一个年轻帅气的知性编辑。我经常会称呼他向总。他总会谦虚地说:"黄哥,我不是什么总编,我只是一个小小的编辑而已,你再这样说,总编知道了,会让我下岗的。"我呵呵地笑了,"没什么,你在我心中是就可以了。"我喜欢他的笔名巴沙拔佩,也很喜欢他富有感情的诗《铁,大地埋藏的雷霆》,那深情的笔路,那富有意境的思想,从中感受他的文字越来越有深度,韵味深长;还有他写的散文《亲近我们的河床》,我能从他的文字中读懂对大自然的无限热爱,以及对自然环境遭到破坏的焦虑心理,我能感觉到他写文章带着深深的情感,带着对时代的感召。他的散文如潺潺的流水,清新而自然,在他朴实的写作风格里,我仿佛看到他在遥远的南方挥洒着青春的汗水,轻柔地浇灌着文学的花朵,他自办过杂志,主编企业性书籍,自己编写出版散文集,当过副总编辑、副主编、大学教师等。在他年轻的激情燃烧的岁月里,我感觉到他是一个总喜欢走在时代前沿的跋涉者,虽然也有过人生的曲折,有过岁月的磨砺,但我体会到他每前进一步,都会留下深深的脚印,都会让人感动,难以忘怀。

我很高兴地看到他不仅仅是湖北省作家协会会员,而且是湖南省作家协会会员,他才28岁,由于事业的忙碌以及对文学事业的追求,使他把更多地精力投放在湖南作家网的维护与建设上,他特别关心像我这样普通而平凡的文学爱好者,经常告诉我怎样把文章写好,怎样更好地提高自我的写作水平,怎样更能用心地让自己的文章打动读者的心。我说:"非常感谢你对我的关心,在我的心里你既是我的文学朋友,又是我的老师,是你在文学论坛一直关心着我,鼓励着我去成长,希望以后在文学的道路上更好地携手,更好地攀登文学的高峰。"他总会充满激情地说:"会的,我们会一直陪伴着你去走,只要你不放弃,总会有成功的那一天。"我凝望着他视频的图像,感觉他离我是那么遥远,心灵的距离却是如此的近,没有了距离。

我时常会跟他说,文学是很寂寞的,当静心地在柔和的灯光下倾诉着心中故事的时候,心灵是那么地静,没有更多人的喧嚣和喝彩,只有自我的心的足迹在不断绵延内心的孤独与惆怅,还有得失中的惘然。是吧,文字本身就是这样,当我们写出一篇好的文章,或者存留于这美好的人世间,让更多地人去感悟和懂得,那才是幸福的。也许今生都很难去感受那份巨大的成功的喜悦,但留得身后名也是值得去做的了。人生无非是不断去攀爬向往的生命高度,能够体现自我的价值,能够把对生命的热爱自然地融合在我们的文章中,融合在我们丰富的情感里,也是一件让我们今生为之去做,去耕耘的事业。人生无非就是一个在追求中再去跨越的心灵旅程。

2008年是小有收获的一年,我的散文《黄昏的寂寞》被选入湖南作家网年鉴《2008芙蓉花开网络精品文选》里,这是我的处女作,也是我第一篇文章在纸质上体现出来。向迅在第一时间告诉我:"你的文章被我们选用,并且出版,马上就可以把样书给你寄过去。"我对向迅说:"真的吗?想不到我的文章也有出版的时候,我一直感觉到自我存在很多不足之处,我只是文学的初学者啊!"向迅呵呵地笑了,"你呀!不要这样自卑,每一个人都会有闪光点,就像你的文章一样,也会有被大家欣赏的一面,否则我们也不会选用你的文章,以后继续努力,希望你以后能出版更多地文章。"谢谢你,我会努力地学习和改变自我的。

去年我的散文集《有一种思绪叫怀念》被内蒙古人民出版社出版,我很激动地把这个消息告诉向迅。他高兴地说:"真心地祝福你,到时候样书到了给我寄一本过来,我会用心地阅读,也会真心地珍藏。"我说:"好的。"今年,当我的样书收到后,我马上就把心爱的书寄到他手里,我觉得我的书出版凝结着这么多年向迅对我的关心和爱护,他就像我心中的明灯,在我最需要光亮的时候照耀在我的视线里,给我温暖的春风,给我无限的希望。我感觉到我的一点点成功,是站在他的脚印里,他的肩膀上,是他将我抬升到新的人生高度上的。我在沉思,想着他一如往昔的亲切话语,想着他甜蜜的笑脸,还有他果敢、坚毅的性格,他感染着我,感动着我,使我更有信心地去走好我的文学之路。

向迅会经常与我电话联系,也经常邀请我去长沙,到他那里去做客。我真心盼望着这一天的到来,他告诉我说:"你来了,我们就是知心的朋友，我们好好地聚一聚，闲谈人间夜话、古今故事，还有我们的文学之路。我说："我很想请你吃饭，但一直没有如愿。""不要这样说，你来长沙还是我请你，我也很想见到你，我知道你是一个非常进取、努力的人，我们是兄弟，看到你走到现在，我为你感到欣慰和骄傲，相信你以后还会不断努力，去实现你人生的理想。

不管是过去，还是现在和未来，向迅已经融化在我的心里，他关心我加入作家协会的事情，他关心着我在作家网签约作家的事情，他关心着我论坛的每一篇文章。在 QQ 聊天里，我感到他的忙碌，感到他生活的意义，感到他犹如一支光亮的蜡烛，在照耀着别人，而自己得到的却很少，但我总能在他的博客里看到他一篇又一篇文章被全国各大文学杂志选用，我会暗自为他高兴，为他真心地喝彩，感觉他的成功也会是我的成功，他的荣耀也会是我今生的追求。

向迅生活在我们三湘大地，是湘楚文化将我吸引，是我们文学爱好者对我深深的情谊使我留住了再去遥远的异乡追求的影踪。在我不断的想念里，在不断感动的岁月的浪潮里，我仿佛听到他美妙的诗：在河西，风是那么大，万物是那么小，在风中醒来，在风中睡去，种子一样，在风中，把头垂得很低，很低……

一个人的真正价值首先决定于他在什么程度上和在什么意义上从自我解放出来。

——爱因斯坦

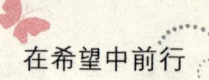

灵魂的舞动——诗人唐益红

在我的感觉里，写诗的人是思想的觉悟者，也是在灵动的世界里去舞蹈着自我多彩的人生的舞蹈者。她总能带人走向新的三维空间，总能使人在浓缩的只言片语中，去真情地回味和感悟时光丽人留给人的是欢喜还有忧郁，是恬静还是灵性的骚动。

  人生是一本书，在书中我能更多地感受人生更像一首诗。我喜欢诗一样的人生，也很欣赏能用手中的笔轻柔地抒写美妙人生的诗人。在我的感觉里，写诗的人是思想的觉悟者，也是在灵动的世界里去舞蹈着自我多彩的人生的舞蹈者。她总能带人走向新的三维空间，总能使人在浓缩的只言片语中，去真情地回味和感悟时光丽人留给人的是欢喜还有忧郁，是恬静还是灵性的骚动。

  并不是每一个人都会写诗，更多地人只是站在朦胧的意境中去长久地沉醉和思索，诗却一直伴随着我们的人生步履，催生着我们人性的智慧，装点着美妙的人生童话。我很有幸走进文学的舞台，并有机缘在网络上见到诗人唐益红，虽然不曾相识，但透过上传的照片，我能感觉到她是一位非常漂亮、高挑，有气质，并富有知识趣味和素养的女性。那甜美的笑脸，能穿梭在时空的隧道，带给更多人开朗、恬静、祥和的情趣，她仿佛走在红尘的朦胧的纱窗，从灵性的自然中舞蹈着自我的旋律。我恍惚走进她的琴瑟之中，又好像走进烟波浩渺的音韵世界，在诗里，在梦里，在心灵的子午线上，我能懂得，又未曾完全知晓她，簪花一笑间，我迷蒙着自己的双眼，在诗与诗的衔接中，在心与心的碰撞里我走进去，又悄然地走了出来。

诗人唐益红祖籍常德，湖南省作家协会会员，中国诗歌协会会员，做过老师，后在《科教新报金大地》《常德旅游文化》《桃花源》《湖南日报》《华声在线》等媒体工作。2005 年开始发表作品，主要创作方向是诗歌。已在《诗刊》《星星》《北京文学》《上海诗人》《芙蓉》《文学港》《散文诗》等各级文学刊物上发表诗歌百余首。在《诗刊》《青年文学》等全国诗歌大奖赛获过奖，有诗歌入选《中国 2008 年度诗歌精选》，出版诗集《我要把你的火焰喊出来》。前不久，我惊喜地听她告知，她的诗集已经出版，我真心地为她祝福，希望她在诗歌的舞台上亮丽出自我的风采，留给世人更多地甜美与快乐的遐想空间。

我们同饮沅江水，在奔流不息的江湖洗涤岁月的浪尖里，在各自诗情画意的情愫里，我们都在追求着心灵世界的感动，都在文学殿堂的光辉与照耀下一步一步地攀爬着我们的人生。她很平凡，但在淡淡的岁月中作为一个不甘寂寞的人，她不愿意在平静的世界里去沉静，去掩饰自我的孤独与荒凉。我知道在她心中始终燃烧着一团青春的火焰，她的奔放，她的洒脱，她的隐忍，还有她对生活的无限热爱，都静静地流淌在灵魂的舞蹈中。在她优美的诗《身体里的桃花》里，我用心地品读这几段文字："你微笑着，用优美颤抖的声音反复地说，一朵桃花会在隔世的纷繁里开放出忠贞。"诗人用形象的语言，展示作者内心情感的实与虚，既感真实，又觉空灵，像品饮咖啡的感觉，慢慢入味，渐渐使人心为之激荡，让人体会到情感的彷徨、欣喜与执着，沁人心脾；弥漫的芳香沁人心脾让人心醉。

从诗里面我能感知诗人外表的现代内心的古典以及她对情感真实的眷恋，对情感的憾梦中的留恋与追思。在她心中美好总是那么匆匆，像春天在最后的黄昏扣动扳机，我们成为彼此心中的影子。

在唯美与浪漫的文字色彩里，我会轻盈地走进大自然，放下我思想的包袱，卸下我灵性的枷锁。在诗人写的《一棵树从来都是静的慢的》的文字里"一棵树从来都是静的慢的,一片枯叶落下去的声音,也都是沉静的缓慢的",我能感知诗人唯美世界的孤独,也能想象在她的心中她就是一棵不断长成的树,在自然的风雨中,在天地的呵护下,静静地走来,慢慢地去品味人生,品味人性的自然。希望能多点沉静,多点沉淀,多点生活的重量,多点人生的静美,慢慢地行走在红尘的滚滚风沙中。我能明白诗人在用灵魂述说着人生,在人生的过程里,演绎着生命悲壮的美丽。

诗人的情感是细腻的,也是丰盈的,是唯美的,也是遗漏中的残缺,但人生亦如此,带着希望上路,在风光中领略丝路花语的永恒的念记。她一直在寻找心中最真最爱的爱人,离开一段纠葛的婚姻后,她遇到了当地一名官员,对方离异,有个小孩,但"有才气,和我一样,痴迷文学",彼此的欣赏,让他们很快就坠入了情网。"原本以为,有爱情,有共同的兴趣爱好,这样的婚姻应该会很幸福"。

但小孩一直很排斥她,成绩也一落千丈,一年多前,充满内疚的她选择分手。离异后,她逃离了常德,这个她土生土长,却让她伤感的城市。

离开是为了更好地装点自己玫瑰的色彩,是为了更好地迎合生活中带来的阳光的温情。唐益红来到省城长沙,找到了相对稳定的文字工作。她依然渴望着爱情,渴望着能有一个真心爱恋她的男人走进她的世界,在希望中,在真情的等待里,她把自己的情绪,还有对情感的诠释融化在诗歌里,诗歌成了她生命的牵挂,也打发着她心灵的孤独与惆怅。

我们相识在长沙,在文学笔会上。我看到她靓丽的身段,美丽的长发在风中、在她美丽的笑颜里绽放开来,像一朵盛开的芙蓉,吐露着无限的芬芳。她带给我人性的高贵,还有诗一样的灵性的舞动,在她的举手投足间,在她心灵的缄语里,一切都是那样的自然与和谐、庄重而典雅,像永恒的风景定格在我生命的旅途上,叫我不时去观赏和流连。

我知道她继续走着她的文学之路、爱情之路、生活之路,还有很多的未知期待着她去精心地耕耘;在希望的田野里,她挥舞着心中的犁耙,在收获着她深秋的果实。当然也会悄然飘落她心中的落叶,那是对过往情感的洒落,那是在苦痛中的宣泄,那是对过去人生路的沉积,一切都在光与

第四辑 在希望中行走

影的交织中淡化开来，那前方遥远的旅途，像人生的彩虹将她带向美好的人生殿堂。

我走进夜深的寂寞的花园，我仿佛闻到夜来香的芬芳。在路上，在我的耳边，我听到诗人在轻轻地呢喃，"当黑夜来临，夜来香在不远的路上，一片片红色炙热而耀眼，我无法挽留住那流动的芳香，爱人眼中燃烧过后的寂寞……"

人的感情和行为千差万别，正如在鹰钩鼻子与塌鼻子之间还可能有各式各样别的鼻子。

——歌德

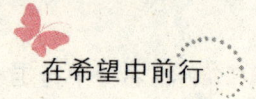

在希望中前行

兰心,梦回千年的仙子

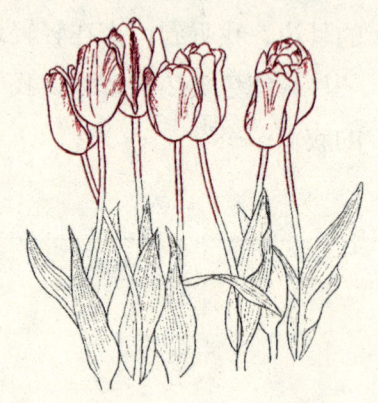

在华灯初上的夜的光辉中,我会静静地坐在电脑旁,思绪已经越过千年,仿佛看到兰心从遥远的世界中走来,还有她纯美的诗,在我心灵的世界里敲响,我听到兰心静心随语地呢喃:倘若,你我之间,注定是一次偶遇,我愿如烟花绚烂,在你仰望星空的那一刻,绽放一生的美丽。

兰心是一个美丽的女孩子,就像她富有诗意的名字一样,充满着人生的无限色彩:有古典的神韵,又有现代的节奏。在湖南作家网我经常看到她的身影,但她总是步履轻盈地走来,又悄然地离去,留下她动听的富有磁性的柔美的语言。走近兰心,一直是我几年来的心愿,但一直没有如愿,有时心想,作为文学朋友,见与不见,都在心灵的笔尖轻轻地划过昨天与今天的人生蓝图,其中,有她装点的美丽的风景,有她为之付出的文学网站,有她在文学的天空中舞蹈着她独有的舞步。那是西洋与中国古典结合的舞蹈,那是心与心的真心的融合,那是对事业、对人生、对情感无限的热爱与追求。

作为80后美女作家的兰心,毕业于中国传媒大学新闻系,系湖南省作家协会会员,曾做过电视节目主持人、外企翻译,现为专栏作家、嘉宾主持人、多家文化单位代言人、长沙作家网站长,已发表小说、散文、诗歌、评论六十余万字,著有散文集《一朵灵魂叫兰》,长篇小说《天使之舞》,部分作品散见于《生于八十年代》《成长读本》等书。兰心的文字以清新、自然、纯美、感人、励志影响着无数的读者，她就像一阵春风温情拂面，带给人们更多地暖意，带给更多人以清凉与恬静的美的真实。

　　看兰心的作品，正如她纯净的心灵，让我在纷繁复杂的尘世之中，得到一点暂时的宁静与安详。她文章的纯美总能深深地打动我，让我情不自禁地沿着她故事里的人物去深深地流连，徘徊，如我之灵魂的舞动，又如天地的琴瑟在轻柔地弹奏；走进《镜中盛开的花朵》文章里，我从女主人公的病痛中，深感人生的变幻莫测，同时也被眷恋着她的恋人真心地不离不弃而折服，与其说是镜子改变着女主人公的绝望的人生境地，不如说是情感的真挚与相守使女主人公找到了生命的源泉，找到了幸福的人生真谛！

　　我喜欢兰心小说体散文的别样风格，既带有浓厚的故事情节，又富有深厚的人生哲理，我很想一篇又一篇地去欣赏，去欣赏那岁月的砂砾中捡拾的人生贝壳，它们如闪闪发光的珍珠，让人生净美，让天地自然。

　　兰心的诗，就像她舞动的灵魂的绸缎，飘逸洒脱，充满浪漫主义与理想主义的纯美的思想。打开诗篇《注定》，你会感受到茫茫人海中两情相悦的恋人的深情的凝望与注视，在春去秋来中孕育出自然的玫瑰芳香，还有那真爱的种子，在彼此的心中融合着自然的风雨，在清新与自然中展示着彼此不变的情愫。生命的爱是一个过程，也是一个真心的开始，她永远没有结束，留存在大自然温情的怀抱里吐露着芬芳，延续着我们今生的守望与融合，那一段绵长，那一段我们一生去追寻的情感踪迹。

　　以前兰心是我没有见面的陌生老朋友，我们经常在湖南举办的作家网见面，透过网络我能感受她的美丽还有她那娇媚的气质，但一直无缘相见。很庆幸，前不久，我参加老师施晗举办的作家长沙见面会，有幸见到了兰心，兰心如晚来的春风，穿着洁白的裙子，在温柔的风中慢慢地飘动，像一朵盛开的白莲花，在一汪清澈的心湖里展露着出水的芙蓉，她甜蜜的笑颜，还有她那充满诗情画意、蒙眬的双眼，似能看透，又不能完全明了她的心灵世界，到底是承载着对情感的留恋，还是对新生活的追求，到底是装点自我的美，还是将美的真实一览无余地投放到美丽的红尘中？我走上前去，伸出我早就想伸出的手紧紧地和兰心握着，我看到了她一如往昔的笑脸，还有她那富有磁性的语言，"黄南军，你好！很高兴见到你。"我轻轻地点头，不敢去凝望她，她的美丽，还有她悠远、绵长的骄人气质，把我和她自然地分开，又不断地融合在这充满文化与清新生活的会场上。与此同时，我见到盼望已经很久的施晗老师，见到了中国作家协会会员，中国著名作家王跃文老师，还有许多似曾相识的文学作家。我在我的心里思量着，这世界上很多人是我们想见的，见总会比不见要好。其实，生活就是一个大熔炉，每一个人都会有各自的特点和魅力，走近，让我们真实地感受着美丽的风景；走近，让我们在时间的长河里定格那美丽的相逢的瞬间。

兰心琴棋书画，无所不通，特别擅长古典舞蹈。当她穿着古典的衣服，走到我们面前，我们仿佛越过千年，在唐风元曲中，感受兰心带给我们舞蹈翩翩的遐想的天空，在感受古典美女与现代美女的交替与变换中，我恍然若梦，梦回千年地追溯着我的前生与来世，那美丽的仙女，像我心中的嫦娥，又像神话传说中的千年的白狐，在与我牵手，又与我划破心灵的黑暗去千年的等待，但一切都在兰心的舞蹈的旋律里沉淀、感念与追忆。

我有时思索，与其说是中国传媒大学的校风在启发与感染着她，不如说是中国几千年的文化传承在潜移默化着她，使她在幽谷阑珊中找寻自我亮丽的人生风景线，光亮着自己，也影射着千万的读者，让他们更多地与兰心成为知心朋友，成为文学方舟的人生大海。

兰心的爱好广泛，交往甚多，不仅仅涉足电视娱乐圈，在众多的文化单位都有她走过的足迹。兰心不管在哪里，都会成为人海世界的一道无法淡化的心灵的痕。在无限光亮的世界里，我感受到她人生的风采，她无限

第四辑 在希望中行走

延长的人生足迹，是那么纯美，那样清新，那样的自然。

在华灯初上的夜的光辉中，我会静静地坐在电脑旁，思绪已经越过千年，仿佛看到兰心从遥远的世界中走来，还有她纯美的诗，在我心灵的世界里敲响，我听到兰心静心随语地呢喃：倘若，你我之间，注定是一次偶遇，我愿如烟花绚烂，在你仰望星空的那一刻，绽放一生的美丽。

>>>
平庸的生活使人感到一生不幸，波澜万丈的人生才能使人感到生存的意义。
——池田大作

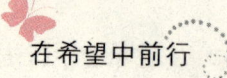

在希望中前行

我的同学童碧珍

你那般纯净的心灵湖水，在浇灌着我们生命的绿洲。你的笑颜里，你人性的关怀里，你泛起的生命浪花里，始终荡漾着我们心灵的潮汐。我似乎看见你，带着我们去欣赏着大自然的名胜山川，带着我们走向更为宽广的人性的真心的自然。

童碧珍是一位聪明、温柔善良的女性，也是我高中的同学，她很普通平凡，走在人海里很难让人发现，因此作为同学我也不曾去寻觅她美丽的芳心。相识本是缘分，能够同窗已经难能可贵的了，她在我的感觉里犹如翠绿的柳叶漂浮在江河里，何处是岸，只有她自己懂得。因为她的一生都是为了快乐的生活而存在。

我们一起从高一读到高三，学习的三年里她给我留下很深的印象，她像一个出水的芙蓉绽放心灵的花蕾。我最喜欢看她白里透红的脸庞，她是那么的青春与亮丽，也不时去欣赏镶嵌在她嘴角的酒窝，如此的灵性地舞动，特别是她明净的眼眸藏留着故土的清香与纯美，吸引我主动地和她聊天。有次我问她，你身材不是很高，为什么喜欢坐在教室后面。她爽朗地笑起来，因为我喜欢流动，迁徙的缘故吧。我对她说，你给我感觉很文静、温文尔雅。是吗？有时感觉是错的啊，其实我一直都喜欢外面的世界，喜欢追寻尘世外自由的空气，我以前生活的家乡，在洞庭湖的一个小小的湖洲上面，前不着村，后不着店，但在那样的环境里，我还时常一个人去野外游玩，看看远方游弋的帆船，还有天空飞翔的小鸟，我知道我有一天会成为一只心生羽翼的飞鸟，因为我的心向往着大自然，喜欢追寻人生美好的风景。

　　青春年少的我们不懂得复杂的感情，但在纯真的校园里，我时常看到她能和班上的同学相处得很融洽，单纯，活泼，惹人喜爱，我能透过她甜美的笑颜，感受她的青春的花蕾在开放，热情与奔放的脚步在时光地洗礼里更加灵性与自然。她总能感染着我朝向快乐的情绪中去，因此，和快乐的人在一起，不快乐也会是快乐的，人确实是可以交叉感染的。

　　记得有一次，我母亲得病了，我不经意地流露出些许伤感，些许哀愁。她看到我的不快，还有的忧郁，宽慰着我说，不要难过，你母亲的病会好的，希望你积极地向着好的方面去想，事情总会有转机的，再说你是男子汉，要懂得什么该承受，什么不该承受；什么是痛苦，什么才是真快乐！父母将我们养育就是希望我们有一天能独立于世，能走好自己的人生路，世间有风雨，人生有离合，我们现在能做的是好好的读书，将来有一天能尽自己所能去孝敬父母和我们的亲人们。我无语，我知道快乐的心境，能驱散心灵的阴霾。

　　临近高考，光阴在我们的手指间滑落，我知道以后我们会各奔西东，在不同的人海里，穿梭各自人生的轨迹，我对未来感到迷惘，对前途心生着许多的担忧。但我希望我的同学都能在社会的大环境里提炼、升华自己，相信以后的我们视野会更加辽阔。

　　人生几许，光阴几度。童碧珍同学已经在我的视野里悄然地隐身，我不知道她藏留在什么角落，也不知道毕业后的几年里，她学习与生活的情况怎样，可我已经结婚生子，已经找到属于我的位置，而她呢？相信会有自己的一片天空，她不是一直向往着自由，清新的自然世界吗？想必她已经走得很远，很远，我也许很难去寻觅她那美丽的芳踪。

　　人生的相遇是偶然与必然的交叉，我很欣喜地在异乡与她碰面。那是在深秋的季节，我出差到省城，在茫茫的人海里我感到陌生，感到那份亲情、友情、还有浪漫的爱情都融化在红尘的烟雾里。我无心去欣赏繁华过后的世界，我无法去融合那些看似熟悉却又相隔很遥远的擦肩的人群。可在人群里，我分明听到有人喊我的名字，我觉得很奇怪，在这宽阔的汽车候车大厅，怎么会有人认识我呢？我左右观望，看到了一个熟悉的身影，我看到了她，我久违的同学童碧珍，我看到她比以前胖了，比以前成熟多了，在她的眼神里我仿佛看到，她对亲人的想念，对久远的故土的留恋，

在希望中前行

我走近亲切地与她握手，我感到我手心的滚烫，还有她心灵的潮湿，都一起交汇在这人海人潮的世界里。

我们走进茶楼，我倾听着她离别后的人生际遇，她告诉我说，现在还没有成家，但她找到了喜欢的职业——导游。我看到了她的快乐，看到了从小小的乡村走进这霓虹闪烁的大都市的柔弱的她，通过自己的努力找到了属于她前行的人生航船。我惊喜地说，那就好，你不是一直喜欢大自然，喜欢追寻你生命的足迹，喜欢让你的快乐传递给更多地人吗？你现在终于找到了，真心地为你祝福，希望你以后事业上能取得更大的成就，你也会在这充满奇思妙想与梦幻的城市中找到你生命的摇篮的。

在以后的人生步履中，我很少再见到她了，我只知道她一直还从事着旅游行业，听说在遥远的省城找到了属于她的白马王子。我为她感到欣慰，也为她心灵的脚步，去划着她心灵的圆满而感到快乐！我们都在红尘里走，在走的同时，欣赏着自我的风景，欣赏着人海与自然深处更多更美的风景线，相信童碧珍同学这么多年已经走遍了祖国的山山水水，已经完全融合在自然的世界里。

前不久，有幸在家乡同学的聚会中见到她，她比以前更加漂亮，她的眉宇之间多了一副金丝眼镜，让我感觉富有知识与趣味，气质超然。当然还有她那熟悉而甜美的声音，还有她永远舒展的笑容，像磁场一样地感染着，催生着我不断地融合在同学们之间，融合在可爱的人们的心里。

我深情地对童碧珍同学说，毕业二十多年了，仿佛还是昨天，我看到了从前的你，你还是如往昔一般拥有苹果似的红彤彤的脸庞，你那般纯净的心灵湖水，在浇灌着我们生命的绿洲。你的笑颜里，你人性的关怀里，你泛起的生命浪花里，始终荡漾着我们心灵的潮汐。我似乎看见你，带着我们去欣赏着大自然的名胜山川，带着我们走向更为宽广的人性的真心的自然。

盛年不重来，一日难再晨。及时当勉励，岁月不待人。

——陶渊明

第五辑

在风雨中洗礼

人生漫步人生，会让我们流泪，让我们心灵沉重，而后释怀，走过的已经走过，未曾走过的我们还在继续走。在风雨中洗礼我们的人生，在人生中积淀我们心中曾有过的爱，曾有过的情，曾有过的永恒的怀念。

在希望中前行

母亲的背影

我送着母亲，再次凝望母亲远去的背影，心中感到无比的落寞与惆怅，感觉到母亲的一生都在辛劳中度过，而自己给予母亲的却很少，更多地却是牵挂。

　　母亲是平凡的，也是伟大的，在她走过的六十多个春秋里，我时时为她真挚的母爱所折服。我爱我的母亲，就像我生命的大河一样，我不断地去洗涤着自身，净化着自己。在母亲还在继续行走的人生轨迹里，我时常看到她的背影，在她人生灵动的风景里，让我不断去追随，不断地去回味，不断地落下伤心内疚的泪滴。

　　在我幼小的心灵里，我总能感受到母亲就像和煦的春风吹拂着我的心灵，让我感到温暖。但我时常要离开我的母亲，因为在我小的时候，母亲不仅要带着我姐姐和弟弟去生活，还要每天教书，当班主任。父亲的工作当时也很繁忙，在不得已的情况下，母亲无奈地把我交给舅妈帮助抚养，我知道当时母亲心中是很苦痛的，可人生本来就是这样，充满着酸涩与苦味。每次放假回来，母亲总是把我抱在怀里，嘘寒问暖，问我的学习情况，关心我的成长。相逢是短暂的，而分离却是漫长的过程。因此，每当母亲要离开我的时候，我心中有说不出的滋味，很想跟着母亲的背后走，很想母亲能多一双温暖的手把我带在身边。所以母亲有几次都是偷偷地没有说再见就离开我,我不能责怪我的母亲,因为母亲一直都是爱我的,只是她不想在聚散离合的情景里流泪,因为流泪过后还是要面对生活的现实。

记得有一次母亲又准备乘着朦胧的月光走,可能我当时有点察觉,所以母亲在清理衣服时,我就一觉醒来,大哭了起来。我说:"妈妈,我想跟着你走。"母亲说:"乖宝贝,听话,等你长大些,我就会带你的。你好好听话,到时候我会给你带你最喜欢吃的点心,最爱看的连环画。"我看到母亲说这话的时候很哆嗦,很凝重,也分明感到母亲的眼角在闪动着泪花。舅妈马上过来抱着我:"听妈的话,过几天我带你去妈妈那里好吗?"我固执地说着:"不啊!我就要现在去。"母亲这时候把钱塞到我的手里,亲切地对我说:"乖,等会和表哥去买糖吃,妈要走了,你不要调皮,会让我担心的。"母亲说完带着姐姐和弟弟,离开了我。我忘情地追赶,像追赶我心中的太阳一样,三步并作两步跑,可我发现母亲矫健的步伐,离我慢慢远去。我看到母亲一步一回头,手在不停地对我召唤,我知道她在心里对我说,回去吧,等来年我就会把你带在身边了。我看到母亲的背影是那样精神,有轮廓,是如此的充满着活力,我知道母亲必须要活得坚强,因为生活的重担经常压在她的身上,我深深地凝望母亲的背影,在半明半暗的视线里,浓缩着一个跳动的彩球,在前方,在我愈渐模糊的光亮里,母亲的身躯慢慢化为飘浮的云彩散化开来,在茫茫的自然的空间转瞬不见了。

人生的聚散本是自然的事情,可在母亲的心中离别就成为秋天的雨,尽情地洒落,尽情地淋漓着她无限的爱,尽情地追随着她的方向。母亲喜欢家人的团聚,喜欢和儿女在一起倾心沟通交流,可人在红尘中,离别是不得已而为之的事情,母亲总是极力地挽留。记得我下岗之后,母亲常对我说:"军儿,你可以做点生意,不一定非要去外地打工,至少在家有个照应。"我跟母亲说:"现在生意也不太好做,出去了可能多学点东西,再说外面的工资也高点。"母亲无奈地点头,我知道母亲是不想我离开,可我年轻气盛,也没有完全照顾到母亲心理感受,母亲对我说:"那好吧!

在希望中前行

那你在外面要注意安全,保重身体,工作努力点,勤奋点,希望你能有所成就,去的时候我去送你吧!"我无法拒绝母亲,因为母亲是爱我的,担心我的,也许是儿行千里母担忧吧!

我不喜欢生活中的送别,也不忍心去看母亲的背影,因为这个时候我明显感觉到母亲比以前衰老多了,母亲走路也没有以前利索。母亲把我送进车站,我急切地对母亲说,放心吧,一切都会好的,我这么大了,你怕什么。你呀,我一生都牵挂着你在我心里永远都是小孩子。我呵呵地笑起来,不会的,我现在不是长大了吗?母亲微微地点头,但又从口袋里掏出钱来,儿啊!你在外面需要钱花,我给你的不多,以后在外面节俭点。我对母亲说,不要,我还有的。母亲硬塞到我手里对我说,拿着钱多在外面胆子大些,我差点忍不住掉下眼泪,但我不能流泪,这样会让母亲感到不安,我劝慰母亲道,快回去吧!车子马上就要开了。那好吧!那我走了。母亲只好说。我送着母亲,再次凝望母亲远去的背影,心中感到无比的落寞与惆怅,感觉到母亲的一生都在辛劳中度过,而自己给予母亲的却很少,更多地却是牵挂。我看到母亲的背已经有点微微地前倾,也没有以前那样的硬朗,在风中,我感到母亲的单薄,感到母亲的背影在人海里还是那样的亲切,我的目光追着她前行的方向,我不停地招手,不停地挥泪,我看到母亲在对我微笑,也看到了她擦拭着的泪痕,流向了我的人生征途里。

母亲现在已经老多了,憔悴多了,看到母亲这么多年受到疾病的煎熬我感到忧心,为我不能很好地在她身边照顾她而后悔,为我不能更多地给予母亲幸福的晚年而内疚。母亲前段时间又害了一场大病,当我再一次看到母亲萎缩的身躯,还有她那驼着的背影,我感叹人世沧桑,真的在极短的人生旅途中就将母亲昨日美丽的容颜消磨殆尽了。我感到母亲沉重的历史脚步在舒缓地延伸,我很想为她揉背,将她驼背的身躯拉直,也很想她能重新焕发过去年轻时代的风光。母亲的背影承载着她走过的岁月,母亲的背影是缘聚缘散的影踪,母亲的背影带着我走过人生美好的季节,在无尽的思念与怀想之间,我能感到母亲还是一如往昔地对我关心和怜爱。

第五辑 在风雨中洗礼

  母亲现在更多地是躺在床上，有时能听懂我说话，有时却不能了，因为母亲的耳朵已经不太好使了。我有时回来会坐在母亲身边，为母亲擦背，近距离地感受母亲的背影，这个时候我的心会控制不住自我的潮汐，泪水不由自主地流淌下来。回想起母亲亲切关心我的往事，感觉到母亲对我这一生的叮咛，感觉到母亲的背总是让我的心去依靠，她灵魂的影子一直陪伴在我身边，给我生活的鼓励，给我人生的关怀。

  我还在人生的旅途中走着我的人生路，但现在很难看到母亲像以往一样去郊外，去外面的世界，去离别的车站陪着我去走了，但我时常能看到母亲的背影就在我人生的风景里出现，给我心灵的安慰，给我的人生疗伤；我看到母亲亲切的步伐，我看到母亲亲切而熟悉的背影，在风中，在人生温暖的爱的世界。

  母亲的背影是我一生的牵挂，也是我一生的感动，她已经定格在我人生的风景里。

>>>
一个人越知道时间的价值，越倍觉失去时间的痛苦！
——但丁

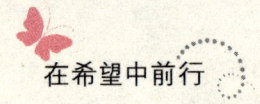

在希望中前行

相濡以沫

相濡以沫是一种人生的情怀,也是一种人生的大彻大悟,更是一种责任和相互的依靠。走过人生的四季,我们总会收获着我们的甜蜜的果实,那是我们无怨无悔的一生。

走在人海,我经常看到一对白发苍苍的老人,手牵着手,走向海的沙滩。我知道他们在回味着年轻的浪漫,在回味着一生相伴随所走过的人生路。在捡拾贝壳的人生之旅中,他们相濡以沫地生活着,一起感受生活的风雨变迁,一起共同沐浴阳光的温情照射,直到老去。

我很欣赏相濡以沫的情感经历,因为人的一生中所走过的道路不可能是一帆风顺的,也不可能永远有好的环境让你去产生更多地美丽愿望,如同两条鱼被困在车辙里面,为了生存,两条小鱼彼此用嘴里的湿气来喂对方。这样的情景确实令人感动,在单一的人生个体里,我们感觉到身单力薄,有时也力不从心,所以能有相爱的人去伴随,去真心地关心与互爱,就能坦然地走过坎坷不平的人生,就能使彼此真心的情谊得到更多地升华与感动。

在我沉沉的思索里,我总会想起我的父母,我的亲人。我总被他们真实的情感感染得热泪盈眶,他们还在滚滚红尘的烟雨楼台里继续演奏着他们心灵的旋律,悠扬,低婉,时常让我用心去感知,用我无限的爱去关注着他们，倾听着他们一生不变的人生情怀。

我的母亲是一名普通的人民教师，而父亲是一名乡镇干部，年轻的时候他们都为各自的工作辛勤地耕耘着。记得那个时候母亲很辛苦，不仅要当语文老师，还要当班主任，并且还是三个孩子的母亲；父亲的工作单位离母亲很远，父亲经常是在很晚才回家，回来后就帮助母亲料理家务事，清晨又悄然地踩着自行车去工作。但我能时常感觉到父亲对母亲的关心，他总是在百忙中去十多公里外的乡镇买回大米等食物，总是跑到几公里外的河塘用扁担肩挑一桶桶水将缸装满。我知道这是父亲的责任，也是父亲对母亲的牵挂，他不希望看到母亲太累，他很想有更多地时间去分担，有更多地精力去履行一个做父亲以及丈夫的职责，可在那个时候艰苦的条件下，父亲也是很不容易的了。

之后随着调换工作地点，生活相对稳定，我们也随之长大，但母亲由于日积月累的操劳，不幸得了冠心病。记得有一次母亲在课堂讲课的时候，由于天气炎热，加上冠心病的复发，晕倒在地。父亲闻讯，马上驱车赶来，将母亲及时送到医院，终于转危为安。我觉得母亲能够活到今天，是父亲一次又一次将母亲从死亡的边缘拉过来的，也是父亲对母亲的真心的温暖，使母亲能够坦然面对疾病对她身心的折磨。

母亲的身体一直不好，也许是天生体质比较虚弱，我感觉是更多地生活风雨的侵蚀使她坚强的心变得急躁，变得情绪化。有时莫名地找父亲发火，我知道是她身体的原因所致，但父亲总是在她的身边轻声地安慰与劝导，笑呵呵地，让母亲都不忍心再去抱怨了，特别是母亲得了鼻咽癌之后，母亲的身体一日不如一日，激光放疗的影响使她的牙齿脱落，使她的头发稀疏，眼耳的视听功能减退。我经常看到母亲痛苦的样子，不由自主地流下伤心的泪水，偶尔我也会看到父亲躲藏在阴暗的角落用手绢擦拭着泪水，但他总是坚强地乐观地面对母亲，他希望母亲看到生活的希望，看到虽然在疾病的无情地摧残下，家庭和睦，亲情浓厚；希望母亲感受到生活的温暖，感受到父亲对她真心的爱。

早在十多年前，父亲就学会了烹饪，大部分时间都是我父亲主厨，父亲会把母亲喜欢吃的菜精心地去做，并且为她安排着食谱。因为母亲不能吃辛辣的食物，这样对身体的恢复有好处。有时看到父亲实在太忙碌，我也会主动去做饭菜，但父亲担心我做得不对母亲的胃口，经常是要我下岗。我知道是父亲对母亲的关心，也知道他的生活里不能缺少像母亲一样这么好的人。

在闲暇的时候，当母亲的身体有所康复，我能时常看到父亲牵着母亲的手走在安静的小道，父亲倍伴着母亲缓慢的脚步，和母亲一起散步。我知道父亲一生都在迎合着母亲，都在互补着心灵的光亮，看着父母在小道上慢慢远去的背影，我被他们相濡以沫的真心所感染，我虔诚地祈祷父母能够一生平安，能在纷繁复杂的世间得到一种暂时的心的宁静与安慰，这其中有我父亲的依靠，有我们家和谐的氛围。

时光荏苒，光阴在穿梭，母亲渐渐老了很多，甚至大部分时间只能静卧在床上。有时我对母亲说："这么多年您辛苦了，我们做儿女的没有尽到我们的孝心，尽到我们的责任。"而母亲安慰道，已经很好了，特别是你父亲，假如没有他对我的关心，我现在早就不在了，你们一定要对你们的父亲好，父亲不管说什么，你们都不要反对，别让他生气，这么多年，他也不容易的，照顾一个人一天两天是很容易，可这二十多年过去了，你父亲一直这样亲力亲为地照顾我，为我驱赶心中的病痛，为我还原身心的健康，一直在努力着，奉献着，他始终像一头老黄牛，只知道耕耘，不知道去收获，我感到愧疚。我对母亲说，不要这样去说，都是一家人，这都是父亲和我们应该去做的，生活中本来就有风雨，人生总会有阴晴圆缺，这是无法改变的事实，但我们会尽我们最大的真心与爱，来坚持我们不变的信仰，那就是我们共同去迎接生活中的磨难与风云变幻，一切的一切都会好起来的。

每次回家，我就能见到父母亲，我会看到父亲坐在母亲的床头，为母亲喂茶，喂饭，我看到母亲眼角闪动着的泪花，还有父亲的亲切的微笑相互交融着。不说，似乎已经说过了千年，在千年的等待与期盼中，在真实的生活里留驻着永恒的感动！我仿佛会看到父母从遥远的天际走来，又慢

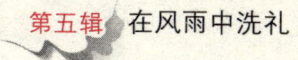第五辑 在风雨中洗礼

慢地走向永恒的光亮的世界中去。

　　相濡以沫是一种人生的情怀，也是一种人生的大彻大悟，更是一种责任和相互的依靠。走过人生的四季，我们总会收获着我们的甜蜜的果实，那是我们无怨无悔的一生。

>>>
抛弃时间的人，时间也抛弃他。
——莎士比亚

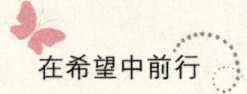

祝寿

虽然我看不见你们,但我能听到你们说话,能感觉到温暖,能感觉周围新鲜的空气和阳光,能有这么多亲人与我携手,为我开启明天的太阳,我好像年轻了许多,我多了很多想象,多了很多感动,也增添了我人生的许多色彩。

我舅妈79岁了,我能感觉到她的愈渐衰老,眼睛由于多年的白内障,近乎失明,只能看到一丝光亮,已经不能清晰地认出我来,背也有点弯曲,要是走路的话必须支撑着拐杖才能前行,脸上布满了沧桑岁月的痕迹,沟沟壑壑,就像她的人生一样,崎岖不平。这也许是人生发展的必然,不管平坦也好,弯曲也罢,我们很难抹去岁月留在我们身上的痕迹,但我看到了舅妈的慈祥,和善,真情,还有无限的宽容和豁达。我真愿意她以后的路更长,这样我们会有个心中的去处,有着家乡的牵挂和思念。

舅妈是一个知书达理的女性,熟读很多诗书,很可惜的是没有进过专门的女子大学堂,否则她一定会有一定的造诣和水平。几十年来在农村的广阔天地,她从一个普通的社员做到村里的妇女主任,我能感觉到舅妈的能干,智慧,还有良好的品德,否则很难得到大家的拥护和尊敬,直到现在还能听到过往的老人常常念起她,曾经做过的一些让人难忘和感动的事情。

在我的印象中,我最喜欢舅妈给我包的粽子,喜欢她做的年糕,喜欢她给我做的辣子酱,还有很多,她对我们家总是奉献大于索取。她常说,

第五辑 在风雨中洗礼

我是你妈的大姐，这都是我应该做的，我真心地希望你们家更幸福，更和谐，更快乐，可你们家这么多年也很不容易的，在前几年才盖起了楼房，还搭帮表哥在外面做点生意赚了一点钱，呵呵，外甥呀！过得去就可以了，这要比我以前的生活要好多了，我不是特别追求金钱的人，只要有些富足、平安、健康就心满意足了，但我希望你们下一代更有所作为，毕竟现在的社会环境越来越好，政策惠及民生，国家长治久安，你们多做点有益社会和国家的工作会更加有前途！"那是，我会的。我轻轻地点点头。

今天我带着家人从城市走进乡村为我舅妈祝寿，在路上，我又看到熟悉的村庄，还有那一排排绿荫的常青树依然屹立在乡间小路的两旁，特别欣喜地看到公路也由原来的卵石路面，已经升级改造为宽阔的水泥公路，看到一座座楼房相互延展着各自的风景。几年不来，确实变化很大的，我踏着轻快的脚步，只想更快地踏进家乡的门。

还没有到家门，我就看到表哥大老远地从家门里走出来迎接我，紧紧地握着我的双手和我说，表弟你来了，我们一家都非常想你们，特别是你舅妈经常念着你们，她很想去你们家看你们，可又视力不好，又年老体衰，怕给你们添麻烦。"不会的，我们会非常高兴地欢迎她的到来。"说着说着，我的眼泪夺眶而出，我不知道是感动还是欢喜，不知道是渴望还是难耐的思念。我说，我来了，是代表父母代表全家人来为舅妈祝寿，希望她能永远身体健康，寿比南山。走进我熟悉的家园，走进我曾经魂牵梦绕的地方，我大跨步地走近我舅妈的面前。舅妈，我来看您来了，为您祝贺生日，希望您能永远长寿。外甥来了，舅妈摸索着双手在前方试探着，我看到了舅妈焦急而期盼的眼神，看到了久别亲人的幸福泪花。

坐在舅妈身边，我轻轻地打开生日礼盒，我说，好多年没有给你买生日蛋糕了，我感到惭愧。舅妈呵呵笑了，外甥，我不怪你们，有你们一份心就够了，吃与不吃没有关系，现在生活很好的，我感觉天天在过生日，天天期盼着团聚，天天快乐地生活，但我知道你们都很忙，都有各自的工作和生活，从内心来说，我真的很想天天过生日，这样儿女、亲戚会过来为我祝贺，为我喝彩。人老了就是这样，喜欢热闹，生怕孤独、冷清，可

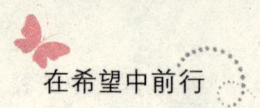

在希望中前行

惜舅舅离开了我和你们，要是他在会更团圆了。舅妈您也不要想得太多，多为您自己的身体着想，逝者已逝！有些事情是我们人力无法挽回的，能快乐健康地活着，就是对逝者最大的心灵抚慰。是啊！活着就好！看到今天这么多儿女为我祝福，我感觉轻松，愉快，我希望自己能活到100岁，虽然我看不见你们，但我能听到你们说话，能感觉到温暖，能感觉周围新鲜的空气和阳光，能有这么多亲人与我携手，为我开启明天的太阳，我好像年轻了许多，我多了很多想象，多了很多感动，也增添了我人生的许多色彩。"

"是啊！舅妈，您一定要坚强快乐地活着，您看，现在的社会，都不愁吃，不愁穿的，有什么需要您就和我们去说，我们做晚辈的都会想办法满足您的心愿，表哥表姐他们生活都很幸福，您也不要牵挂的，有时间我会来接您去我们家，到时候和我妈妈说说心里话，沟通沟通姐妹之间的感情。""外甥，那就好，那比给我祝寿还要开心啊！"舅妈笑着说。

舅妈再过一年就要80寿诞，我很希望她以后的路变得更长，希望她像宇宙的光亮一样，照耀到遥远的征途。我会经常去看望她老人家，为她祝福，祝寿，为她祈祷平安！

平庸的人关心怎样耗费时间，有才能的人竭力利用时间。

——叔本华

玉树，永远不倒

玉树是美丽的，就像她美丽的名字一样，充满着无限的诗情画意，充满着对大自然的热爱，充满着对根深的渴望，充满着对绿叶环抱的情怀，她如同心灵的翡翠，如同融合在自然深处的大树，永远展现她的骄人的风姿和无限的风情，永远不会倒下去，玉树与我们一路同行。

玉树本是一个自然的名字，她一直隐逸在青海省的那一方角落。美丽的名字，自然的风情，一直让人心生许多眷恋的情愫，假如不是这次地震，也许她依然在展现她宁静的美，依然在年复一年地重复着她生生不息的壮观与绮丽的风景。

当我在新闻里听到玉树发生7.1级地震，我的心灵顿时为之震撼，因为我知道这是一个强大的磁场和巨大的旋涡在摧毁着玉树，我担心着生活在那里的人们，他们是否能安然无恙地躲过这次飞来的横祸。其实人在大自然面前有时显得如此的渺小和柔弱，但我真心相信在党和政府的亲切关怀和帮助下一定会渡过这次严重的自然灾害。会使灾害中的人们能更好地团结起来，共同抵御这自然的无情，谱写出人间有情的人生壮歌。

这几天我夜不能寐，脑海里老是浮现灾害所带给人们的惨状，触目惊心，让我难以释怀。我想到被压在建筑物下的可爱的生灵，在黑暗中他们一点点波动着他们的希望，我知道他们在等待着我们的救援，等待着能够重新站立在人群里。我很敬佩当地的人民群众，还有许多中国人民子弟兵在人们最需要的时候，第一时间赶到他们身边，给他们坚定活下去的信

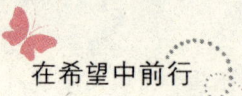

念。通过救援军民的共同的努力，抢救出大批压在建筑物下面的伤员，而且马上将他们送到当地医院去救治。很遗憾的是在这次地震中，有两千多名亲爱的同胞离开了我们，我为他们痛心，这是人力不可及的，但我会在心中为他们祈祷，希望存活的灾民能摆脱地震对他们造成的伤害，能重新复苏对生活的热爱。

地震中我们看到很多可歌可泣的感人故事，有流动党支部，有全国各地的志愿者，有从全国各地运送的救灾物资源源不断地涌向玉树。在人海里，在忙碌的身影里，他们克服着高原缺氧，克服着身体的疲惫，在忘我地投入，在他们心中能够救活一个人，能够安置好灾民，能够照顾好他们的生活就是他们最大的快乐。在电视画面里，我看到一个和蔼可亲、平易近人的解放军政委，他忍受着十多位亲人离开他的苦痛，带领官兵奋力地救治和抢救伤员，他的两个儿女也在部队里参加这次地震救灾，但自从地震发生后还没有见面，在他的心中，国家利益高于一切，人民生命财产的安全高于一切，个人的得失，个人的情感苦痛都会转化成更多地人生责任和使命感，催使着他去完成党和人民交给他的光荣任务。

在传递地震现况的图片里。我看到有一对恩爱夫妻定格在风景里，在解说里我看到有一个38岁的孕妇在猝不及防的地震灾害来临时被压在了建筑物的下面，正好她的丈夫不在家，丈夫心急如焚地和当地脱离险境的群众一起用手拼命地扒开压在他爱人身上的水泥板块，一个小时，两个小时过去，他的手指已经血肉模糊，当看到他爱人在一点点地出现在他的眼前，他早已经全然不知道自己的存在，只想着把她救起来，通过十小时的艰苦挖掘，终于把他爱人从死亡的边缘救出来，在医院里，从厄运中苏醒的妻子对她老公："我肚子痛，我口渴。"她的丈夫急忙口含着水，喂到她嘴里，她的心田一点点地被温情灌满。那一往情深，那相濡以沫的爱，那生与死的考验，还有那不变的人间真情，感动着在场的人们，也润湿着我的内心。生命无价，真情无价，在大自然灾害面前，人总会以坚强的身躯去面对自然的风雨，风雨过后一定会见到美丽的彩虹。

玉树现在呈现在人们面前的还是残垣断壁，以及更多心灵的伤痛，但当我们看到灾害面前中国人民大无畏的抗灾精神和博大的爱的行为时，我们中华儿女都会为之骄傲。苦难中见真情，我们看到安置灾民的帐篷早已经搭建，灾民的生活得到及时的安置，也慢慢看到灾民久违的笑颜，也看到他们感动的泪花，还有他们心灵的喝彩。我知道他们就像雪域高原的雄鹰一样总会翱翔于蓝天，在创伤他们的大地上重新开垦和收获着他们的心灵果实。听当地政府讲，以后的玉树将是一个生态绿化的旅游城市，我相信大自然的灾难再强大，也只是暂时的，永远也无法催垮我们重建美丽家园的信念，也无法阻止我们对人生的无限热爱和美丽生活向往的追求。

今天是全国哀悼日，举国同悲，为死难者致哀，我在心里默默地祝福他们平安和吉祥。我看到全国各地捐献的款物，知道他们那里的人们特别需要，也知道他们在渴望着我们深情地去关注他们，牵挂他们，给予他们真心的关怀和无私的爱。因为我们都在同一片蓝天下，都是华夏儿女，我真心希望伤痛过后的玉树能得到痊愈，能永远不倒，屹立在高原上。

玉树是美丽的，就像她美丽的名字一样，充满着无限的诗情画意，充满着对大自然的热爱，充满着对根深的渴望，充满着对绿叶环抱的情怀，她如同心灵的翡翠，如同融合在自然深处的大树，永远展现她的骄人的风姿和无限的风情，永远不会倒下去，玉树与我们一路同行。

光景不待人，须臾发成丝。

——李白

伤 怀

人生如梦！当我一觉醒来，才发现周围的一切早已经物是人非，一切都变换了模样，叹时光走得太急，叹岁月的风雨无情地将人消磨殆尽，留下人世间最后一丝温馨。走了，是那样静悄悄，是那样凝固着空间，永远停摆在历史的归宿里，消融……消融！

人生总是从一个虚无回归到另外一个虚无中去，在有限的时光中拼凑着苦涩的滋味，也许还有一丝甘甜留在其中，留在了今天与明天的回味里。

不忍怀念，因为那是错失的路，再也很难去还原，再也很难去重新来过。我们只有虔诚地祈祷，希望今生不再出错，不再遗憾，不再在感情的旋涡中挣扎。每每不知道忧郁的缘由，每每难以亲身体验和感受得失间的坦然面对，在一杯杯浓郁的苦茶里，努力地回味着亲人与恋人的影动，还有曾经来过的经典故事。然而，瞬间又划破天空，找寻不到踪迹。

我们不断地重复着过去，不断地朝向明天的路走去，太急了，又来不及去思索就悄然走到了生命的终场；太慢了，又累受着疾病的摧残。苦熬着黄昏的烛火，是为了一段深情，还是为了让怀念的空间不断延展开来？今天的历史有更多地感动，我们很难真正地明了自我，也很难真正去诠释你所眷恋的人与物是否是我一直所期待的。那份思念，那份牵挂，那份割舍不断的情缘在心里积聚着，就像一团火焰在燃烧，在真心的倾泪……一切的一切，不是太早，就是太迟！

舅舅的离去使我很伤心，也加深我对他的怀念，那一跛一跛的身影还不时在我的视野里浮现。我不忍去看，舅舅是那样的苍老，是如此的憔悴，支撑着双拐伫立在风雨中，呼唤着我的小名，带着浑浊的泪花，带着对外甥的想念。我深情的拥抱着他，对他说："舅舅您老了，我们家都很惦挂着您，希望您去我们家常住。"舅舅深深地抚摸着我的头对我说："我也很想啊，可我们真的老了，不中用了，你看现在要想出门都已经是很不容易的事，我和你舅妈经常想着你们，想着和你们在一起的岁月。你们家对我们太好了，可我们这么多年也无法去回报你们。"我说："您是我心中最好的亲人，虽然您没有很多的物质财富，但你对我们的关心，对我们的温暖，我们永远也不会忘记，我最想吃您给我们包的粽子，最喜欢你们的菜籽油，还有那金黄的桔子，还有你挑着担步行一百多里给我们全家送来的农副产品，那永远是金钱换不来的呀！"舅舅深情地点了点头。我们一起回到了家。

后来舅舅是越来越衰老，由于舅妈的儿女都在外地工作，二老却长年生活在乡下。我表姐也不只一次邀请他们二老去她家，可他们二老习惯过乡下的宁静的生活，一直不愿意离去。前段时间我又一次去舅舅家，可这时候情况已经大不如从前，舅舅已经差不多瘫痪在床，舅妈的眼睛又看不见，我很难过，也不敢想象他们俩是怎样生活的。我连忙把钱塞在舅舅的手上说；"您要赶快去治疗啊，看您这样，我们都好担心啊！我们就是希望你们长寿，也希望你们晚年有一个稳定的好的生活，看到你们这样，我很心酸。"可舅舅说："我不想去打扰儿女们，他们有他们的生活，我不想给他们增添太多的麻烦，宁愿自己苦点也觉得是甜的。"我哭着，泪雨纷飞打湿我前行的路！我都不知道如何走出他的家门，我作为亲人，作为晚辈不能真心给予他们更多晚年帮助，我感到汗颜，感到深深的自责和内疚。可我又怎么能改变他们的思维呢？我无言。

舅舅在一个深冬季节悄然离开了我们，永远地回归到他那宁静的世界中去了。在他要离开人世的那个晚上我还和舅妈通过电话，舅妈告诉我，现在病情已经很严重，已经不能进食。我说赶快进医院呀，我忧心得当场哭了起来，我说我过两天把这里的工作安排好就过去看望舅舅啊！一定要挺过去，明天一定要上医院治疗，我希望你们二老生活在世界上的时间长点，也希望能更多地去弥补我们曾经未能更多给予的孝心。舅妈含泪点点

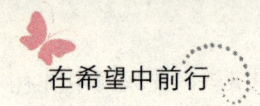

在希望中前行

头，会的，我会陪伴你舅舅到明天，直到好的那一天，我虔诚地为他祝福着！明天会有一个难得的转机！可第二天我就听到舅舅去世的消息，我们全家早饭都没有吃，心急如焚地驱车赶往熟悉而陌生的故土，一踏进家门，就看到舅舅直挺挺地躺在屋的中央，我号啕大哭扑在了舅舅冰冷的躯体上，可再也没有了感觉，再也没有了温暖，再也没有了慈祥的笑容，我哭喊着，摸着他冰冻的脸，我的身子一阵阵地寒冷，这就是我的舅舅，我辛苦劳作一生的舅舅从此画上了人生的句号。

　　人生如梦！当我一觉醒来，才发现周围的一切早已经物是人非，一切都变换了模样，叹时光走得太急，叹岁月的风雨无情地将人消磨殆尽，留下人世间最后一丝温馨。走了，是那样静悄悄；是那样凝固着空间，永远停摆在历史的归宿里，消融……消融！在无人知道的另一片天空，画向他新生命的圆去了！

　　怀念我的亲人，怀念我的舅舅，怀念我生命中不该忘却的人！是为了真心的情感，是为了一个历史的重复，是为了一段又一段真心的情感链条，去感动着，维护着，运转着今生的传奇。

　　我很难明了怀念的滋味！有时像一杯浓郁的烈酒，将自己燃烧，有时像一杯苦涩的茶，喝过千百回，还是苦！怀念的滋味是忧愁，是无尽的思念，是今生无法挽回的眷恋。

　　舅舅轻轻地走了，正如他轻轻地来一样，不留下一缕尘埃，却留下了苦丁香的芳香撒满我来去的路！

　　我会经常想起他对我的爱抚，对我的关心，对我们家一生的情缘！

三更灯火五更鸡，正是男儿读书时。黑发不如勤学早，白发方悔读书迟。

——颜真卿

舟曲加油，中国加油

舟曲人民一定会从灾难中重新站起来，重新焕发出无限的生机与活力，不久的将来将会有新的舟曲县城展现在世人的面前。我也深深地感知到在舟曲和全国人民的共同的耕耘与建设中，不会再发生山洪泥石流灾害，那里的青山绿水会得到有效利用，会使它们成为我们永远的风景融入舟曲人美好的心灵殿堂。舟曲人加油！舟曲人会更加幸福与快乐地生活！

　　生命中总会遇到自然的风雨以及灾难，不管是对于个体的人还是国家都是一样，在无情的灾害面前，我们不断地感受自我的渺小的同时，深切地体会到我们灾区人民，还有每一个中华儿女在困境中，在逆境中要学会坚强和坦然，并且以积极有效的行为方式重新建设我们的家园。我们永远和灾区人民心手相连，这是和谐奋进的凯歌，这是在沧桑变幻的岁月里，我们依托自己强大的身躯构建的我们心灵的长城。

　　这段时间我在电视、报纸上看到：2010年8月7日夜至8日凌晨，甘肃省舟曲县城遭受严重的泥石流洪水灾害，死亡人数高达1239人，失踪505人，建筑物受到山洪泥石流无情地冲刷，已经千疮百孔，支离破碎，经济损失无法估量。我深感悲痛和焦心，之前我早就听说舟曲县城是一个非常美丽的地方，它位于甘肃南部，冬无严寒，夏无酷暑，素有"陇上桃花源"之称，如果不是突如其来的灾害，心想那里的人们会一如往昔地健康快乐地生活着，那是一块神秘的沃土，那是美丽的"陇上江南"。可这

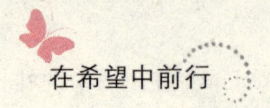

在希望中前行

一切都已经停留在灾害发生的瞬间，美丽的小城是否能从厄运中走出来，是否能重新焕发往日的青春与活力，是否依然会面对新生活的阳光？

今天是举国哀悼舟曲特大山洪泥石流死难同胞的日子，我一直沉浸在无比的悲痛之中，听到中央领导人对舟曲死难同胞的追思和悼念，也从电视画面上看到舟曲悼念仪式现场。我看到了鲜艳的五星红旗缓缓地降下一半，数千名救援官兵和各界群众胸前佩戴白花为死难同胞默哀三分钟，汽笛长鸣，响彻整个舟曲上空，与此同时，在每一片神州大地，也以相同的方式深切地缅怀死难同胞，来告慰他们的在天之灵。

灾害发生后，党中央国务院高度关注，并迅速派遣救援官兵，医疗单位赶赴舟曲现场参与救援，还有从全国各地赶来的成千上万的志愿者，以及全国运抵灾区的救援物资，都在很短的时间内到达灾区。据不完全统计，已经从灾区抢救出灾民 1243 人，救治伤员 66 人，并得到妥善地安置与治疗，在其中涌现出许多可歌可泣的感人故事，让我直到此时此刻都依然感到震撼和感动。

在舟曲县城武警支队有一个上尉连长，在山洪泥石流发生时，他与官兵一起在营房里休息，突然从远方传来山崩地裂和楼房垮塌的声音，连长知道大事不好，迅速集结官兵从营房里冲出来。这个时候他想到了舟曲县城家中才结婚不久的妻子，想过之后，他知道自己身为军人，人民的利益高于一切，他应当和战友们一起赶赴受灾最严重，最需要他们去解救的地方。在行进的过程中，他看到了自己熟悉的房屋已经垮塌，在泥石流以及洪水的包围之中，他知道他的妻子已经再无生还的可能。他凝望自己曾经熟悉的小屋，看着远方急需帮助的灾民，率领官兵到最需要的地方参加战斗，解救灾民。之后，当记者采访他的时候，这位血气方刚的男人哭了，我感到悲哀，感到痛苦，只要一闭上自己的双眼，就见到他可爱的妻子在对他呼唤着，你快来呀，亲爱的老公，快来救我啊！我看到她伸出的双手，还有她对他期待的深情的眼神，可他又能怎样？在大灾面前，身为救援的人民子弟兵，他想得更多地是老百姓，更多地是灾民，他们更需要自己，他相信在天之灵的妻子会真心地懂得自己，明白她永远是自己深爱的妻子，但更深爱人民，还有神圣的职责。

我的泪和他的泪融在一起，生命有限，大爱无限，我仿佛看到更多地救援官兵，医务人民，还有志愿者。在前线，在灾民最需要的地方，他们的身影，他们无私的援助，他们的关爱，他们与死神去搏斗，与天地去争荣，他们是新时代最可爱的人。

昨天我在网络上看到舟曲一位33岁的年轻妈妈在被埋长达8个多小时的漆黑绝境里，爆发出了惊人的毅力，她拼命托举起怀中4岁半的儿子，直到救援人员赶到。后来得知，当洪水泥石流到来时迅速把他们家的门堵住，洪水泥石流淹没到她的脖子，这时候她拼命地把儿子往头顶上举起，母亲像被浇筑了一样双腿再也动弹不得。

"我要爸爸……"儿子的哭喊声，让她一下清醒过来。"别怕，别慌，妈妈在这里。"杨露梅拼命地忍住内心的恐惧，开始用露在外面的左手一点一点拨开脖子边的石块。终于，母子两人的呼吸顺畅起来。8小时后，他们终于被救援人员发现并救起。

我为之动容，为母亲在灾害面前总是把生的希望留给儿女，中国有千千万万这样的母亲，使中华民族永远屹立在世界的东方。舟曲加油，这是我内心的呼唤，是每一个中华儿女的期待，我相信在全国各族人民的关心和帮助下，舟曲人民一定会从灾难中重新站起来，重新焕发出无限的生机与活力，不久的将来将会有新的舟曲县城展现在世人的面前。我也深深地感知到在舟曲和全国人民的共同的耕耘与建设中，不会再发生山洪泥石流灾害，那里的青山绿水会得到有效利用，会使它们成为我们永远的风景融入舟曲人美好的心灵殿堂。舟曲人加油！舟曲人会更加幸福与快乐地去生活！

我在呼唤舟曲加油的同时，我深深地呼唤中国加油，中国拥有勤劳善良的人民，他们拥有坚韧不拔的意志，拥有在困难面前永不低头，永远进取积极向上的精神。我们中华民族永远就是一个美丽的大家园，虽然有过

  暂时的创伤和伤痛,虽然有过自然的风雨和自然灾害的洗礼,但痛过之后,泪流过之后,我们依然会重新地站起来,洗刷身上的尘土和污垢,以时代的美好创新,以时代的和谐,以人生的不懈追求,美丽中国,美丽的舟曲!还有我们永远去追求人生精神与物质富有,团结合作的中国人民。

  加油舟曲!加油中国!

在世界上我们只活一次,所以应该爱惜光阴。必须过真实的生活,过有价值的生活。

——巴甫洛夫

第五辑　在风雨中洗礼

生命的蜡烛

蜡烛的光亮虽然有限，但我在心中在不断地扩展与延伸，不管延伸着我的寂寞，还是延续着我心中的苦痛，但总是快乐积极地坦然面对现在和未来的世界。

　　蜡烛是一种可燃物，她一直释放着万般柔情，放射出点点的光芒照耀着周围的世界。蜡烛固态的存在着，在点燃的过程中，她将生命的光和热投放给这美丽的大自然，投放在这世界上需要光明，需要人间温暖的地方，燃烧着自我，毁灭着自我，成就着自我。
　　蜡烛的种类很多，一般分为普通蜡烛和工艺品蜡烛。在远古的时候多用来照明，到现在，蜡烛赋予更多地情感的意味。当我们庆祝生日的时候，我们会轻轻点燃蜡烛，在烛光中，在生日蛋糕面前，我们会在心中默默地祈祷，为过去流逝的岁月深切地回顾，也会为今天的拥有而真心地喝彩，更多地是期待明天的生活更加美好。当我们走进寺庙里，我们也会点燃心中的一炷香，那是圣洁的蜡烛，那是生命的蜡烛，那是在苦痛与忧患中对心中的菩萨虔诚的膜拜，又实则是对灵魂深处那一道道光亮的追溯，实则是对光亮的世界里自我阴影的驱散，来寻求点点的心灵安慰。然在人生旅途中，生命里的风雨时时地向我们走来，在不情愿的自然法则里我们会面对故人的离去。在袅袅的炊烟里，在迷雾中，恍惚是逝人走近，那捕捉的影动,还有那份光亮,久久地去燃烧,一直伴随着离去的亲人走向永恒的世界。

蜡烛的光亮是短暂的,就像生命的蜡烛一样,在不断地燃烧,明知道终将燃烧殆尽,但终身不悔,有时想来人生是一个不断燃烧自我的过程。燃烧是给自己取暖,也是给别人光明,燃烧是为着生命的着火点尽情地挥洒心中的泪滴,流泪是一种对自然生命的真爱与忘我的投入,正如"春蚕到死丝方尽,蜡炬成灰泪始干"蜡烛的燃烧与泯灭如过眼烟云,但那股青烟,那飘散的云却永远留藏在真心的红尘中不愿去消失。

在我内心深处,我不能忘怀的就是我的初中班主任邓老师,这么多年过去,我一直没有见过她,我知道她隐藏在人海深处,她在幽深的小巷的院落,安静、祥和地生活着。我知道她还是一如往昔地想着我们,我们这些曾经被她培育的花朵,在她心灵的遐想天空,她为自己走过的路,为自己流过的汗而暗自欣慰。我走过,我留下春的气息;我停留过,我给予真实的关爱;我燃烧过,我燃烧着我生命的种子。在那遥远的地方,在每一个学生心中传播着,延续着那燃烧的火一样的青春与激情。

时光荏苒,往事追忆,中学时代的我是一个活泼可爱、充满朝气的男生,那个时候我觉得学习对我来说,是一种负担,也是一种心理压力,父母对我的期待的眼神,还有老师对我的殷殷教诲,都使我不能自由地呼吸新鲜的空气,自由地穿梭我徜徉的领地。我特别好玩,喜欢看小说,喜欢玩游戏,还喜欢打篮球,还有许多的爱好,真想潇洒地走一回,其实每一个岁月的年轮里,都有许多可以去做,又不可以放肆去做的事情。我不懂得适可而止,也不知晓见好就收,我天真烂漫,不真正感悟人生的目的和学习的重要性,在混沌与虚空的时光中盲目地消遣我快乐的游戏。

邓老师是一个三十多岁的知识女性,宽阔的脸庞,让人有一种非常实在、踏实的感觉,一双深邃、明亮而充满智慧的眼睛,时常搜寻着我们,在搜索着她心中的未知和心灵的渴望,还有她甜蜜的笑颜,使我感受到老师对我们的热心与真诚。在我的感觉里,邓老师是一个既严肃认真,又十分懂得人性关怀的良师益友。回味过去,我总感觉老师还时常浮现在我的面前，深深地凝望着我，关心着我，因为老师一直都希望我能成为一个真正有用的人才。

记得有一次，邓老师给我们上语文课，语文对我来说，自我感觉良好，听与不听没有什么大的关系，于是就偷看起武侠小说，心想，反正我坐在后面，老师肯定看不见，但我心存顾忌，就把小说放在我语文课本的下面，这样我既可以掩人耳目，又可以尽情地遨游在我的武侠小说的氛围里。我肆无忌惮地投入到小说中，眼睛再也没有看黑板，当老师突然出现在我的面前，我吓得魂不附体，这时邓老师轻轻地对我说："把小说收起来，放学后到我办公室，我有事情找你。"我迷惑地看着看似平静的老师，又悄悄地低下卑微的头颅。

放学后，我徘徊在教师办公室的走廊里，我不敢轻松地迈进老师的办公室，因为我看到老师那平静的内心背后是对我的不争气，不积极，而感到伤心，我知道我错了。哎！我只好硬着头皮走到邓老师的面前，去接受老师的批评教育。邓老师看到我来了，亲切地对我说："黄南军同学，你坐下。"我惶恐地应允着坐下来，老师轻柔地抚摸着我的背语重心长地告诫我："其实你呀，我当时真的很生气，我早就注意你没有望黑板，肯定你在做小动作，或者看小说，你知道放任自己这样下去是对自己的极端不负责。我也一样，作为你的班主任老师，就希望我的每一个学生都能爱学习，遵守课堂纪律，以后成为一个优秀的德才兼备的人才。学习是一种心态，也是一种目的，更是一种对自我的约束，少壮不努力，老大徒伤悲，只有全力以赴的真心地投入在学习上，才能收获到金秋的硕果。我知道你很聪明，但聪明要用到学习上面去，要用到对人生积极的工作与生活当中去，才能有所为，你要懂得有所不为，现在的不为是为了将来更好地享受人生。我也知道你自尊心很强，所以当时没有教训你，因为每一个人都有自尊，但我希望我的学生能真心地诠释自尊的含义，能尊重别人的劳动，也是更多地关心着自身。"我被老师关心的语言说得哭了起来，邓老师对我说："你会是好样的，以后在学习上多努力吧！改正你存在的缺点和错误，你就会轻松地走向你人生的大海。"

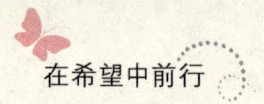

在希望中前行

　　这么多年，我经常想起邓老师对我说的话，虽然我并没有完全成功，也并没有非常完美的人生，但老师就像我心中的蜡烛，燃烧着我对生命的无限热爱，对事业的追求，对情感的挚爱，对生活的平和与真实。蜡烛的光亮虽然有限，但我在心中在不断地扩展与延伸，不管延伸着我的寂寞，还是延续着我心中的苦痛，但总是快乐积极地坦然面对现在和未来的世界。因为老师无时无刻地在我的身边为我照明，为我燃烧，为我真心地倾泪，她的一生只是在奉献，不懂得去索取，但她还是快乐与幸福的，在这世界上能被别人经常感念和关怀，难道不是一种别样的人生吗？

　　生命的蜡烛还在不断燃烧，在每一个城市的上空，还有乡镇农村，蜡烛在不断交替，不断地更新，不断地融合，不断地追随，她已经融化在尘世人们的心中。当洗刷心中的阴影的时候，当面对人生的坎坷的时候，当遇到生命的急流的时候，当走向黑暗的旅途的时候，总会有那一束光芒，总会在前方，在我们需要或不需要的时候她都会出现在我们的视线中，给我们清新、恬静，给我们生活的温暖，让我们有了无限的力量，那就是我们生命中永远流淌的爱，是我们一生徜徉的情愫。

　　我喜欢生命的蜡烛，我希望有一天我能成为一支掌控在自我手中的蜡烛，去真心地温暖别人，光耀着世界，也温暖着自我潮湿的空间。

莫等闲，白了少年头，空悲切！
——岳飞

第六辑

爱是人生中最美丽的风景

人的一生，爱永远与我们相随，爱是心灵的感受。在红尘中漫步，时而让我们欢欣，时而让我们痛苦，我们哭过，快乐过；失去过，也曾经拥有过。不管怎样，都会是我们今生最美好的馈赠。

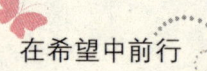

在希望中前行

燕　子

自从有了你，让我有了爱的渴望，有了真实的心与心的交流，使我慢慢地认识了你，也找寻到曾经失去的我，我不应该将自我的心关闭，其实生活中色彩都是靠自己去添加、去精心地装扮，这样才使我们的人生更加充实，更有意义的。

　　燕子是我唯一的深爱的一个女孩，她就像大自然中的燕子高傲地飞翔在蓝天之上，总要等待到深秋的季节才悄然来到我的身边。我欣赏她的娇小玲珑，欣赏着她迷人的大眼睛，还有红红的口红印，还有她乌黑短而精神的发丝让我留恋，徘徊在她的视野。我喜欢燕子由来已久，只是当她还没有迁到我的家园的时候，我还不知道她的真实与可爱，让我如此的动心与感动。

　　其实燕子是一个让人怜爱的女人，前几年她老公因为意外不幸离开她，她守着空去的巢穴在无情的岁月低谷里静静地无奈地守候了四年，她的无望与挣扎一直在困扰着她潮湿的心，因为她需要温暖，她希望有一个温暖湿润的天气，让她的身心得到轻松，能再一次翱翔于天空，落花人独立，微雨燕双飞，然更多地时候会感受到无限的惆怅。想起过往，遥想起曾经和她相守十多年的夫君轻轻地撒下双飞的翅膀，坠落在荒芜苍凉的寂寞的大漠，此时的燕子感觉到无地自容，身边缺少一个真心爱她的伴侣陪伴在她身边。在冷雨与寒风中她紧缩翅膀，凝望着大自然的一切，似乎都已经离她远去，那曾经的比翼双飞，那曾经的患难与共，还有共同维系的家园在孤冷的夜的黑暗中显得如此的冷落与凄凉。燕子时常自我呢喃地诉说着，我是否应该离开这里寻求新的空间来重新让爱的翅膀去飞翔？

在黑的夜彷徨着她长长的影踪，没有着方向，燕子已经没有了初生羽翼长成的狂喜，也没有新婚燕尔的甜蜜，唯有等待与煎熬有那么一个令她欢欣的人能真正融入她的世界中去。在百无聊赖中燕子学会了改变自己的生活习惯，养成自己的喜好，于是她学会了上网聊天，她希望在网络无限的空间里找寻到心灵的归宿。她喜欢燕子这个名字，就像她一直眷恋着爱巢，那是过去爱的轨迹，也是心爱的家园。

我本无意走进她的视野，不经意间我轻轻地打开她心灵的门，因为我很喜欢燕子，喜欢她自由自在地飞翔在蓝天，更喜欢她的念旧，对情感的专注与奔放，还有她的自然与清新，美丽可爱的形象都让我着迷。我们经常会打开视频说话，觉得很生动，真实的再现彼此的风采，也很容易拉近距离。我最喜欢看她忧郁神伤的眼睛，那分明是渴望，那分明是一汪清泉，流动着她悠远而绵长的风景，在她的风景里，我时常会帮她擦拭心中的泪痕，帮助她疗伤，使她真心地快乐起来，使她能重新焕发往日的青春与活力。偶然中她也会露出久违的笑颜，两个酒窝就像镶嵌在她脸上美丽的珍珠，在光与影的照射中闪烁夺目，令人心旷神怡，轻松自在地朝着她光亮的世界中走去。

我们都生活在同一座城市，在茫茫人海我们各自奔走，如果不是网络，我们就是彼此擦肩也很难相识的，我很想我们能在现实里真情地走在一起，燕子欣然地点头。在一个风和日丽的下午，我们相约在柳叶湖边，看着平静的湖面，我的心中荡漾着心的波澜，她真如网络中的一样，娇小可爱的身材，一双清澈见底的眼睛，还有她很多其他的美，我需要一生去欣赏才能看个痛快。此时的她默默地注视着我，似乎想全部将我包裹，将我看个明白，还有我那渺小而可叹的自尊吧！燕子轻柔地说："我们坐下啊！"我微笑地点头，此时此刻我们相隔是如此的近，我能感觉到她身上散发的清香，在山水之间，在我的世界里萦绕、盘旋，芳香令我沉醉，伊人令我迷恋，我们彼此对望着，像千年等一回的企盼，像穿梭时间隧道偶然的邂逅，一切尽在彼此的感觉里。燕子轻柔地对我说，实际上她对爱的要求并不高，因为这么多年长时间的生命跋涉，感觉到很累，很孤独，很想有一个人能倾听她的声音，很想在风雨飘摇的日子里能有一个人帮她一

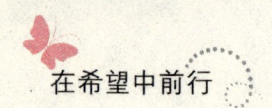

在希望中前行

起承担生活的重担,很想真心地给予她关心和照顾,因为燕子历来都是形单影只的,需要有个心灵的伴侣长久地陪伴在她的身边。"我很欣赏你,不是因为你物质的富有,而是你有一颗仁爱、善良的心灵,当然我很喜欢你的文才,能给我精神上的鼓励和安慰。"我对燕子说:"我也很高兴在网络世界遇见你,并能有机缘在现实的环境进一步走在一起,其实我没有你想的那么好,真的,这么多年,我也是一个人度过,在单一的人生孤井里,我仰望着天空,却始终走不出自我尘封的世界。自从有了你,让我有了爱的渴望,有了真实的心与心的交流,使我慢慢地认识了你,也找寻到曾经失去的我,我不应该将自我的心去关闭,其实生活中色彩都是靠自己去添加、去精心地装扮,这样才使我们的人生更加充实,有意义。有了你,我会让自己真正地快乐起来,也会和你一起去感受生命的阳光赋予我们应该得到的一切梦缘。"

燕子的家乡是张家界的,能看得出她有大山一样的浑厚与敦实,也有水一样的灵动与温柔。她常跟我说:"我很喜欢我的家乡,那里是我生命的起源,也是我曾经爱的伤心的集散地,其实我就像大自然的燕子一样随着生命环境的变化去努力地改变着自我的生活,因为我需要温暖,需要真心的爱,也需要有一个遨游天空的缘分空间,我愿意与你比翼双飞,共同谱写人生华美的篇章。"

我很深爱我心中的燕子,一直把她当作我生命的唯一,努力地珍惜着,维护着,我愿意与她一起去耕耘着我们的幸福,一起都会有新的美好的开始。

在今天和明天之间,有一段很长的时间;趁你还有精神的时候,学习迅速办事。

——歌德

第六辑　爱是人生中最美丽的风景

生日快乐

我们经常会在心中想起生日快乐歌，会在人生的每一个生命的每一个季节重新装点自我的人生色彩，那是对我们今生的怀念，是对我们今生的留恋，是对我们生活的每一天快乐情绪的渲染，也是对我们在孤单的岁月里、快乐的氛围里，我们更好地携手，更好地迎接新的太阳的升腾，在生命阳光的重复更替与变化中我们走向无限的人生旅途。

在人的一生中，我们会经历无数个春夏秋冬，当然随之我们也会增添许多人生的年轮。我们从简单的数字中不断地聚集更多地内容，更多地时间的履历，因此也收获着快乐，收获着大自然赋予我们更多地精彩以及生命残缺的遗憾。

每一个人的生日各不相同，但都留存在生命的记忆里，是那样的鲜活，也是那样让我们为之感动。我们每走过一段旅途，经过人生的一个个驿站，在每一个停靠的站台，在每一个小憩的时分，在每一个难忘的动与静交替的岁月中，我们更多地是与亲人的相聚，与爱人的相随，也会一个人静静地去思索、冥想着曾经走过的沧海桑田，曾经有过的得到与失去。其实生日更多地是对人生的一种回顾，也是对现在与未来的一种期待，在错落有致的人生分界线上虔诚地祈祷，真心地为之祝福，努力地维系彼此之间的感情。在喧嚣热闹，亲友的欢呼声中，我犹如舞台上的扮演者，生活的主角，在光亮与鲜花的环抱里深深地沉醉。

由此每逢我的生日，更多会想到我的母亲，是她将我带到这个五彩斑斓的世界，使我感到生命中多姿多彩的人生；让我有了可以去飞翔的翅膀，也让我在滚滚的红尘里体验更多地快乐与痛苦；知道了生命的可贵，以及母亲生下我赋予我神圣的生活责任和义务。我落入凡尘，而母亲是在痛苦中将我降生，我知道我的生日是快乐的，但同样也会让母亲快乐起来，因为她感到生命延续的希望，也感到在痛苦过后的淋漓与洒脱，所以我会永远去记住我的生日，就像永远深爱我的母亲一样。

世事的变迁，人生的沉淀与升华，我不断地变化着我的色彩，不断转移着我生活的位置。人更多地是一种心灵的孤独，很多的时候自己完全不觉晓生日的存在，也不觉得在我生活里如何的重要，因为我每天为生活奔波，为着今天的欢颜，还有明天的复得而努力忘却自我藏留的一点点欢乐，我不能妄自为自我去庆贺，也不愿在孤单的岁月里独自品尝心灵的苦味，所以我经常是在忘却中纪念，经常是在无数个人生年轮里强装自己年轻。也许我很想回到过去，也许我想永远停留在现在，希望时光能走得慢点，再慢点，能够让我有更多地时间和空间去行走，完成我生命的辽阔。

我不喜欢自己过生日，因为我太普通与平凡，但我喜欢为朋友去庆祝。在其中有年轻的，也有年长的，各个生活层面的人都有，在不同的环境和氛围中我得到不同的快乐，也在不同的心境中去感悟着自身，我能从他们的身上找到快乐的源泉，让我在痛苦的忧郁中得到一点点心灵的抚慰。有时我很想经常去为别人喝彩，因为在我的心里是很想让我的细胞能活跃点，能让快乐的情绪多一点，实际上快乐终究是别人的，当舞台谢幕，当亲友们各奔西东，我们都要回到各自的世界中去，但我时常想起他们，那些久远的朋友，那些亲人们，我会经常记得他们的生日，不管我在遥远的陌生环境中，还是回到家乡，我总是会给他们轻声的问候，通过电子邮箱，还有生日贺卡等。我想他们有我的祝福是会快乐的，也会一起与我分享生命中难得的快乐情愫了。

生命中很多的岔道，在不同的驿站也会有不同的人生情感，也会遇到不同的风景。很偶然我认识了一个同龄的女人，是一个事业单位的知识女

第六辑 爱是人生中最美丽的风景

性,只是很遗憾的是这几年她一直带着孩子一个人生活,在网络中我们交流,感到她心很细腻,很会关心人,只是我不懂得这么好的女人,男人为什么要离开她,当然她过去的痛苦我也不愿意去触动,只是希望她能在以后的生活中心灵世界能得到复苏,能有一个平和的心态去面对新生活的阳光。我希望她能够坚强起来,毕竟在生活中,一个女人独立地扛起一片天还是很不容易,我很想去关心她,可我又能给予她多少呢?我仅仅是她的朋友,当然我会让她快乐起来。

有一次我因为出差来到她所在的县城,我终于见到她,我们一起走进超市,我为她买了她喜欢吃的零食还有食物,希望能填满她的胃,之后我们一起去了一家餐厅。这是我第一次看见她,我感觉到她比网络里要漂亮许多,感到她的真实,她的生动还有自然,还有她富有磁性的语言,温柔婉转,就像是一首轻松的萨克斯曲调在我耳边轻轻地低语。我对她说:"我能与你认识,做你的朋友是我的荣幸,希望我们能长久地交往,虽然我不能为你付出多少,但我会一直注视着你,让你感到快乐,你可以告诉我你的生日吗?到时候我很想为你庆贺。"她对我说:"谢谢!能认识你我也很快乐,真的,好久没有人关心我了,我一直封闭自我,每天机械地生活着,其实我也很想有新的生活,现在我都不去想那么多,慢慢去走吧,先把自我的身心调整好,以后才会有更多地信心去接受新的生活。我呀!不怕你笑话,我一般不过生日的,在离婚后的几年里,我想努力忘记,生日那天总会让我想起很多往事,想起我的朋友,还有我的亲人,以及离我而去的爱人。我记得那个时候过生日老公会为我买一束鲜花,还有生日蛋糕,摆在我的面前,并会为我做上丰盛的佳肴,我们在轻轻呢喃的祝福声中甜蜜地度过一个美好的良宵。繁华过后,一切尽皆平静,这几年我感觉到世事的艰难,还有人言的可畏,以及一个人难以去平复的心理,我感到孤独,感到无助,可我心中还是渴望着幸福的来临,渴望着有一个人真心地走入我的生活,给我真心的温暖和怜爱。"我看到她闪动着的泪花滚落和着浓浓的咖啡,再一点一点去品尝,我知道她感到苦涩,但也会是甜的。

在希望中前行

　　在我的一再追问下,她终于把她的生日告诉了我,今年她的生日很快就要来到。我正在精心地准备,希望用我的丰厚的世界去装点她美丽的家园,我会时常和她电话联系,我能感觉到她内心的矛盾,也能感到对自我的不确定,也许是前事难断,也许是对今生的迷惑,也许是担心我不会真心地走进她的生活。我殷殷地期待,她总是婉转地拒绝,说来我这里不太方便,不就是一个生日,何必惊天动地,我只是一个柔弱的女子,已经不太习惯别人给我过生日。我常对她说:"你不要这样去想,在我的心里你是一个非常可爱、非常漂亮的女人,你应该得到你应该得到的爱,也应该还原你一个真实的生活,我就是希望你以后的生活里拥有更多地快乐,更多地幸福的元素,其实生活中一切快乐的,还是痛苦的都将会是快乐的。当我们真心地去走过,那份美好的回味,还有现实与未来的重组,都会令我们今生的生活耳目一新。"我计划着为她买99朵粉红的玫瑰花,还有将我出版的散文集赠送给她,还有为她去买一件漂亮的衣裳,为她买最喜欢吃的点心,我真想将我的全部身心赋予她,让她有一个大山一样的依靠,也希望她每天都在生日的快乐氛围里度过生命中的每一天,在有限与无限的情感眷恋里温暖地走过一生。

　　我们经常会在心中响起生日快乐歌,会在人生的每一个生命的每一个季节重新装点自我的人生色彩,那是对我们今生的怀念,是对我们今生的留恋,是对我们生活的每一天快乐情绪的渲染,也是对我们在孤单的岁月里、快乐的氛围里,我们更好地携手,更好地迎接新的太阳的升腾,在生命阳光的重复更替与变化中我们走向无限的人生旅途。

一万年太久,只争朝夕。
——毛泽东

第六辑　爱是人生中最美丽的风景

粉黛嫣然

我很欣赏她美的一切，包括不美丽的残缺，在我看来都会是生命的美玉的自然雕饰，是很自然的。我很喜欢她拉着我的手去看宁静的天空，也会在华灯初上的夜晚一起漫步幽深的小巷去看万家灯火，那是一个个心中的家园，也会是彼此爱的永恒的归宿。

　　美丽的风景以及美丽的女人是可望而不可即的，但我愿意走进人海中去观赏那流动的风景，希望能在滚滚红尘里，能找到心目中盼望已久的可爱伊人，伫立在我的明净的窗前，给我千年的回眸。那柔媚的双眼以及甜美而富有神韵的微笑，像磁场一样在吸引着我朝她飘香的领地走去。然而这么多年，我一直在期待和盼望着，可在长长的人生风景中我不是雾里看花，就是来去匆匆，没有时间和空间让我专注地投影我的心波。也许我一直在等待，去真心地守候超凡脱俗的可爱的美人突然降临在我的身旁，让我神魂颠倒，使我不知归路，让我去沉醉在柔柔的芳香的世界中去。

　　与宋春雁的相识使我平添了许多的快乐，有时感慨她就像幽谷丛林的白狐，那她深邃而脉脉含情的双眼总是闪烁着无穷的诱惑，使我不经意间就走进她原始的自然地带。她那美丽的脸庞，虽不施粉黛，巧笑嫣然间尤为可爱可亲。其实与春雁的相识很富有戏剧性，那是在单身俱乐部举行的一次盛大的party，说实在的我是很少参加这样的活动，总感觉自身有很多的缺陷，还有在女人面前不会坦然地与之沟通交流。我发现自己有点自闭

151

和自恋的情结,也许是时常在自我的踪影徘徊,我看不到外面的风花雪月,只有拖着渐渐远行的影子踌躇而孤单的前行,但我一直渴望能有一个真心欣赏我的女人能出现在我的视野中,淡化我好似扭曲的人性,给我一双温柔的小手,走近、融化在那一片潮湿的心灵世界。

　　走进晚会的现场,我看到许多年轻的女孩子,也见到与我年龄相仿的女性,当然更多地是男性,和我一样怀着一颗梦幻且懵懂的心走来,在无限平行的地平线上去奔驰着人生的寥落与悲戚,希望在今天,今生能有一个人生的交叉与心灵的相互碰撞。在无比喧嚣与热闹的氛围里,我坐在僻静的角落四处张望,我好像在虚无与真实的人生底线里沉没,心中不禁感到"粉黛颜色依旧在,红颜为何不归来"的无奈,可心中又感觉有一种神秘力量在牵引,那是对可爱人儿的渴盼,那是对前生尘缘未了的眷恋,也是对今生不得正果的疑惑。难道我今生真的就一个人走向我寂寞的旅途?难道我真的就不能遇到我内心深处为之感动的人吗?不会的,肯定不会的,走过这么多年的孤独岁月,我真的很想有一颗真爱的心与我炽热地燃烧在一起,哪怕将我焚烧殆尽,我也愿意在爱与火的交融里走过一生。

　　在晚会的歌舞升平里,我心随着音乐的节奏在霓虹灯的闪烁中轻轻地流淌在这美妙的旋律里。我发现坐在我前面的那个女孩子也是静悄悄地依偎在沙发椅上,品味着绿茶的清香,但我分明感觉到她内心的骚动与心中的不平静,她时时凝望那舞动的人群,又黯然地低下头独自沉思,偶尔看到她自然地用柔嫩的双手将美丽的脸轻轻地托起。我知道她很想找寻到她心中的另外一片蓝天,可在流光溢彩的世界里她很迷惘,迷惘着自我的视线,迷惘着你我之间相隔千年的陌生。我注视着她明净的双眸,那是一双会说话的眼睛,我知道她在轻轻诉说着心中的故事,很想有人去聆听,很想有人能真心懂得她。我更喜欢看她的笑颜,嫣然一笑,如同三宫六院的粉黛佳丽,超然脱俗,文静不失典雅,现代气息夹杂着亘古的婉转曲折绵长的神韵。我鼓起勇气走到她的面前,对她说,朋友,能陪我跳舞吗?她轻柔地站起来,在裙动的身段中,美丽的人生曲线尽收眼底。我欣赏她的娇小玲珑,在亦真亦幻的舞台上,和着心灵的足迹在无限的舞池上优柔地舞动着我们彼此的色彩。

　　在那以后我们开始认识，我知道了她有一个动听的芳名宋春雁，也更知道她有一个让我一直为之向往、欣赏的女人的网名粉黛嫣然。她告诉我说，这是她妹妹为她起的名字，因为她妹妹也很喜欢她姐姐赋有的古代与现代人气质。她说，其实这么多年我走在寂寞的旅途而不敢离开，我心中装载我生命中真挚的爱，只是那份爱对我来说是何等的珍贵和难以去实现，其实我内心很复杂，爱人的离去，公婆对我的关心，包括儿子的可爱总是让我难以割舍过去的情感，直到现在我还是依然经常去看望我的公婆，希望他们在伤心中能得到一丝心灵的抚慰。我经常回首过去，也许是爱的失去，是不是会有另外真心爱我的人会在哪一个人生时段、哪一个深秋的季节里走进我的世界来？我不敢大胆去迎接，也不敢草率地迎合狂热的或是理智的情感，但我会很喜欢慢慢地陪着我喜欢人去走，也许终会有一天，我会与我所爱的人在一起了。

　　我很欣赏她美的一切，包括不美丽的残缺，在我看来都会是生命的美玉的自然雕饰，是很自然的。我很喜欢她拉着我的手去看宁静的天空，也会在华灯初上的夜晚一起漫步幽深的小巷去看万家灯火，那是一个个心中的家园，也会是彼此爱的永恒的归宿。

　　春雁在我心中就是我生命中最为美丽的粉黛嫣然，我喜欢她为我做的汤圆，也喜欢她亲自为我烹饪的佳肴，她希望能填满我瘦弱的身躯，她希望我能坚强地面对生活的坎坷，也正视自己的现实，她希望我以后的人生路上能多点生命的光亮，敢拼才会赢。她很喜欢我的文笔，多用心灵的笔尖去书写美丽的人生，那里有我们彼此的故事，也会有生活的风雨。她会永远陪伴我走下去，我常常思索着不管在滚滚红尘里是永远的朋友还是永远的爱人，在我看来都会是我一生的最爱了。

　　我很喜欢和她深情地拥抱，也很喜欢近距离去感受她那迷人的芳香气质。她那飘逸长发，她那妩媚而妖艳的曲线，还有她那动情地闪动着深情的眼睛，犹如生命的甘泉滋润着我。我时常在遥远的旅途上经常看到她的笑脸，"嫣然一笑百媚生，六宫粉黛无颜色"，她是生命中我为之欣赏，也

是为之去真心地跨越千年追寻的美女,在生命的邂逅与交相辉映中,在偶然与必然的阴晴圆缺里会长久地走过一生。

不管饕餮的时间怎样吞噬着一切,我们要在这一息尚存的时候,努力博取我们的声誉,使时间的镰刀不能伤害我们。

——莎士比亚

第六辑 爱是人生中最美丽的风景

女人是水

咫尺天涯的距离里,你我阻隔着层层的面纱在相互掩饰,有相互地张望和期待,希望有那么一天在水中能承载着我心中的风帆去真情地远航。

我们常说男人是山,女人是水。在水波荡漾的心波里,女人凭借着水之温柔,水之细腻,水之流动的色彩,在变化着昨日的容颜,在一江春水向东流的岁月里,我实在是很难诠释女人,就像我直到现在也不完全明了我自己一样。女人常带给我神秘的梦幻,带给我情感的伤痛,也带给我一丝甘甜的余味,我很想全身心融入到水里,能在烟波浩渺的海的世界里沉淀,我不想回来,因为我真心地需要生命中的水源,来维系我生命的真实感动。

在水中,女人总是尽情淋漓自己的温情与浪漫,洒落每天的情感的飘带,在汪洋的世界投影自我徘徊的芳踪,有时就像月光下水的倒影,轻轻地走近,又轻柔地融合。在朦胧与迷梦的暗淡色彩里,看到她们在轻轻地低语又悄悄地流泪,泪水融化在水里,水中又泛起心灵起伏的涟漪,那是静心随语的呢喃,又是春风细雨的温情,如同生命中的梦在水一方去延伸一样。咫尺天涯的距离里,你我阻隔着层层的面纱在相互掩饰,相互张望和期待,希望有那么一天在水中能承载着我心中的风帆去真情地远航。

我们都在红尘里奔走,在奔走的岁月中,我们偶然会在水中嬉戏、玩耍，也会张开矫健的臂膀在心灵的平湖里去拨动人生的浪花。我喜欢那平静的水，就像女人的小溪，总会潺潺地在心头流过；我也很喜欢水的漩涡，总会让我在情感的沼泽地里不断迂回与往返；我也很喜欢从高山上飞流下来的瀑布，就像女人长长的秀发，缥缈在空中，来去在天地之间。那份风中的灵动与静美，在风光中，在风景线上使我们不停地沿着她散发的芳香去追随，那是高山流水的心灵旋律，那是玫瑰花园的娇艳与奔放。我想深情地去采摘，就像我辛勤地挖掘我生命流动的泉水，我很想在缘分的世界里畅通无阻地通向我心灵的彼岸。

温柔的水从远古走过今天，以后还会继续延续下去，她将滚滚的人生推陈出新，在古典与现代的气息中继续保留原始的真爱与永恒的眷恋，细腻且悠远绵长，在母亲河里，在一条条江湖的延伸里。我们感受到她柔中带刚，刚中有柔，她倾注着全部爱的潮水在柔柔的波里，在平静的湖心，在欲求不得的沼泽地带，还有那晨雾中的露珠，都是那样的娇嫩，又是那么令人思绪万千，令人不断地欣赏与流连。我有时真想用心去淋漓感受着水的温柔，让温情渗透，让风雨更多地交织，可我的心犹如荒凉的沙漠，没有绿叶陪伴，也没有雨露滋润，可我知道我是一直在生命的乳汁中成长起来的。我感觉到男人的一半是女人，也感觉到在阳光灿烂的光照下，月亮湾的湖面上总是拖着渐行渐远的芳心在追随，在深深地凝望，在默默地为之祈祷与祝福。

可我们很难真心地去懂得珍惜生命中的女人，就像女人的心，海底针。女人就像广漠的海洋，在蓝天与碧海的世界里寻找着她徜徉停泊的港湾，在心灵的汪洋一片，感受她无限的柔情似水，佳期如梦，在无限辽阔的海上感性地追随太阳的光辉，隐逸着灵动的身心，困惑着，迷惘着，偶尔会从容地走进光与影的色调中。我知道她是在装点着玫瑰色彩的梦，也体味到女人在春华秋实的浪潮浪涌中憧憬着春光的无限温柔。女人是水，是需要在日复一日的时间更替变换中，追求着新的人生梦想，在水流动的轨迹里，我们时常看到女人为了事业，为了爱情，为了儿时曾经梦萦魂牵的家园，一生都在做美丽的幻梦，在其中，我们会看到女人真情的欢欣。

第六辑　爱是人生中最美丽的风景

在冷冷的雨夜，女人会拖着疲惫的身影在雨水的搅拌与零落中，心在慢慢地随着雨水的滑落流向那深深的、沉寂的湖，也许她要全身心地融化在碧波荡漾的湖里，去洗涤滚滚红尘中的恩爱与情仇。

我们常常聆听她在心海世界的吟唱，有时低婉缠绵，有时哀鸣声声，有时闲情雅致，有时高声喧哗，不管怎样，都在为爱而去歌唱。女人的一生都在相伴着情感的归踪在生命中踏寻着自然的季节，在汛期来临，她会勇敢地打开心灵的闸门让肆无忌惮的洪流在自己的温床上匆匆流淌，也许时常为曾经激情燃烧的岁月而感怀，也会为曾经梦幻般的王子过早地冲刷在时光无涯的浪尖里而消失感到懊悔，喧嚣过后就会是平淡。在平静的湖面，在没有人生色彩的日子里，女人也会精心地去收拾昨天与今天的故事。在梳妆台前，在透视的窗前，一页一页将心灵的扉页打开，去深深收藏。在芳心的湖底，我们很想涉足女人的神秘，在女人那看不到阳光的角落里，也许只有她，也只有她在深深的浪花与翻腾里去深情地扼守着自己的高度，在无人聆听的黑暗里去展现自己的美丽与妖娆。

在自然的空间，女人穷尽她的温柔，穷尽她人生的色彩，穷尽她无穷的梦幻，在她有限的浪花朵朵中展露她生命的风采。她的美丽，她的可爱，在无限的风光里随着江河湖海的贯通，流向无比遥远的未来。我有时想真心地融合在水里，虽然我不能真正诠释她内心世界的孤独与惆怅，也不能完全明了她内心世界的感动，但我很想真心地懂得她，懂得她潮来潮去的缘由，懂得她不愿意停留，流动着新生活的嫁衣，在新的阳光地带精心去装点自我世界的所在。我知道女人的一生是为着幸福奔走，也是为了真心等待心中那可爱的有着大山一般的脊梁的男人给她轻轻的依靠与安稳，因为女人虽然是水做的，但很想被情感的泥土所粘连，向潮湿的大地抛洒全部的热泪。总会有那么一天，你虽然在水里，你依然能感到我在流泪，因为我的泪与生命的水已经完全交织在一起，我就是你，你也会是我，我们都生活在水天一色的缘分空间。

我喜欢生命中拥有真爱的女人，就像我热爱大自然的江河，给我生命的营养，给我默默的关心和温暖，她们如同我走在人生旅途中停泊的风

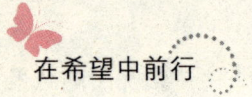

景，我总想忘情地去投入。在真心的河床里，在柔软的心的波动的血脉里，她牵动我生命的每一根神经，让我时常去关注，也时常去深深地守望。我很感动她动情地承载着千年的梦幻，承载着人生的风帆，在她每一片流着欢乐泪水的汪洋里，我们都在演绎着我们的人生，在二人的世界里，在美丽的大自然的风景里，永恒地流动——那柔情的水在一点一滴地去融化那风中的云，那云彩里的雨，一切皆成为美丽的自然。

女人是水，在温柔的水中，她淡淡地从天际走来，最后又回归到永恒的爱的世界中！

不要老叹息过去，它是不再回来的；要明智地改善现在。要以不忧不惧的坚决意志投入到扑朔迷离的未来。

——朗费罗

相遇在人海

人海苍茫,几经转折才相遇到今生,我很欢欣我们终于在现实的人海里相识相知,我很珍惜我们相见的瞬间,我看到她远远地走来,从迷雾中跨过万水千山走到我的眼前,她如同我生命中一道永远也不能淡化的风景,永远留在我们彼此的距离里。

　　茫茫人海,何处才是心灵栖息的家园,你我泪眼相望,满是离人的花瓣洒落在无边的旷野里。芳心几许,青春几度,在潮来潮往春的涌动里,爱的风帆游弋在人海深处,我们各自怀着不同的人生追求,守候着一帘幽梦的畅想,我很欣喜与你相识相知在人生的地平线上,在茫茫的人海里去交织与真心地融合。

　　相遇在人海,人生的邂逅,正如迎着晨曦的光芒,踏着雨露滋润的禾苗,在绿的世界里去感知。我时常在人海里奔走,一个人游走在尘世情感的边缘,我喜欢静静地欣赏来往的人群,喜欢融合在他们的世界里去沉浮我的人生。我偶尔也会孤独、彷徨和寂寞,但我从他们的笑颜里能更多地体会到人间还会有更多地情感存在,从人海里我仿佛完全融合在人声鼎沸的浪花中,使我的心灵不再平静。

　　人的一生总在心海的世界去寻求心灵的伴音,那起落的音符,那弯曲的人生弧线,抖落成人生的旋律交织在人生的情感底蕴里,我们一路放歌,在无边无际的世界去追寻你心灵的那一颗芳心。那个让你千年真心守候的伊人是否还在茫茫的人海里翘首企盼,是否与你真心地去擦肩,不早

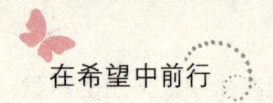

不迟地相遇到那片人海。

　　与海燕相识似乎是前缘未了，为着今生真心地生活在一起。其实在相遇之前，我们都有着各自不同的婚姻，我会经常为我错误的婚姻而懊悔，感觉自我年轻的情绪不能让我正确而辩证地欣赏自己和洞察别人，总认为结婚只是生活的一种形式，没有更多地考虑到在形式里面还有更多地内容去补充。我为我当时的轻率和盲目而深深地自责，也为我不幸的组合感到无可奈何。婚姻的组合犹如两个互相衔接的齿轮去磨合，在此基础上需要添加机油，添加更多地元素，婚姻也是彼此一种心灵的感受，相互的默契与感觉吧。不完全是金钱的关系，有时想自我的解体也是一种新生活的开始，也许冥冥之中我会经历这个心灵的历程，才会让我有种通观达物的情怀，才会让我真心等到爱我的人的出现。

　　海燕是一个三十多岁的玲珑娇小的女人，有一双含情脉脉的眼睛，我喜欢她专注地投放电波，将我的心燃烧，我看到她总让我激情荡漾，让我心生许多美好的情愫。我与她首先相约在网海的世界里，记得当时我也是无意中的一次点击，就为我们圈定了美好的开始，她那美丽的网名，还有她那漂亮的QQ空间，以及靓丽的面容，使我被深深地吸引了。看到她，我似乎有种前生相见过的感觉，她的眉目，她的笑容可掬的神情，早已在我千万次的心灵旅途中来回穿梭。在以后的交往中，我们在网络的世界里自由翱翔，我知道她也有一次不幸福的婚姻，我也知道她这么多年一直在异乡深情地耕耘着自我寥落的芳草地，没有人打扰，也没有人去真心地走近，但这么多年，她很想有一个真心爱她的男人走近她的世界，给予她更多地关爱和温情。我说，你是不是在等我？海燕轻轻地说，是的，我就喜欢你这样的人，不需要多么高贵，也不需要多么富有，只要你有一颗永远爱我的心，能真心陪伴我一生一世。在外地，曾有人给我介绍男朋友，一个比我大很多，但很有钱的男人，被我拒绝了，我觉得人与人之间的真心，不完全是建立在金钱的基础上。我喜欢自己去真心地找寻，喜欢相约在人海，喜欢在茫茫人海中有一个为我遮挡生活风雨的人总在那个不变的地方去等候着我的归来，我现在感觉就是你。我说，谢谢你这么说，我很普通，但我会真实而感动地去关心和温暖你的心。

　　人海苍茫，几经转折才相遇到今生的人海，我很欢欣我们终于在现实的人海里相识相知，我很珍惜我们相见的瞬间，我看到她远远地走来，从迷雾中跨过万水千山走到我的眼前，她如同我生命中一道永远也不能淡化的风景，永远留在我们彼此的距离里。那是千百回思念的回旋，那是千年的守候，那是一生去追寻的芳草地，她甜蜜的笑容，在茫茫人海里是如此亮丽，那美丽的身段在和煦的春风里是那么的飘逸和洒脱，像天上的仙女下凡，像一道道生命的彩虹装点着我的玫瑰花园。

　　有缘人邂逅是生活中一道美丽的色彩，也是可遇而不可求，能与海燕走在一起是我们今生的缘分，也是我们不断地去行走在人海，不断地融合在人海的一次心灵的旅程。在人海里，我听到我们的欢笑，听到我们温心的话语，感知到我们真心的融合，也感到人海的世界里充满着无限的光亮，走进人海，我们走向无限的心灵的归途。

　　请珍惜与你存在交点的每一个人，珍惜每一刻，对方才会成为你身边永远的风景。如不幸错失，也无需叹息，给你的人生留下过彩虹，它美丽的瞬间是属于你的不是吗？

不要为已消尽之年华叹息，必须正视匆匆溜走的时光。

——布莱希特

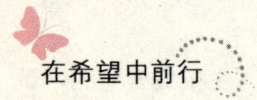

在希望中前行

分 梨

人生的恩怨离合本是自然的，也许在心中那份难以愈合的情感会随着时光的飞逝而显得非常平常，非常微不足道了。分梨的感觉就像生命的花瓣雨轻轻洒落，那份清香，那份甘甜永远留在咫尺的天地世界。

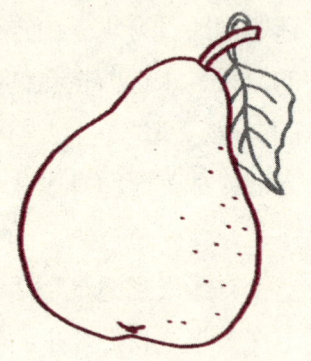

梨子历来是我喜欢吃的水果，它总能给我带来甘甜，滋润着我的五脏六腑，带给我清新的空气还有美味的畅快，在品味生活的同时，我更多地是想起过往的岁月。那一次的分梨，带来一次次的情感分离，将我带向陌生的人生旅途，使我感觉离她愈来愈遥远，也愈发感觉情感的真实与变迁，有时并不是彼此能左右去把握的。在时光无情的岁月里，能留驻的、能珍藏的只是那美好的情感片段，在人生的岁月里时时让我去感动，去真切地体验和回味。感觉她还是那样的可爱，每每想起都会让我的情感随着我的思绪飘摇到她的身边，我心中伤感的泪会情不自禁地流出来，流淌在曾经流逝的心灵原野，可现实的一切都已经不再重现，在滚滚红尘中已经随着尘土不断地飞扬，她在渐渐地远去。

秀丽是一个美丽多情、爽朗的女孩子，当我遇见她的时候就被她迷人的气质所吸引，她充满智慧的眼睛透露着灵性的光亮在一道道风景线上，使我不由自主地朝她走去。我和她相约在网络，虽然我们都生活在一个小县城，但在人海茫茫的世界，我们都穿梭着自己的引线，在不同的人生位置，不同的生活情愫里，我们毫无交点，感谢偶然的一次点击，使我不经意地遇见她。她有一个诗意的网名——随风，而我就是风中的晨雾，我经常会和她说："晨雾的风总是交错在一起，来去匆匆，留下雾里看花的影踪，那会是你，又会是我，我们原本来自于自然，最后一起回归到灵性的自然中去，希望我们一路同行。"秀丽会露出开心的笑颜，"你是不是在写诗呀？其实我没有你想象得那么美好，但我很高兴能遇到你，这几年我一直在外读书，然后又去了省城工作，我时常会想起家乡，想起儿时的伙伴，还有我的亲人朋友，我经常一次又一次地与他们分离，一次又一次相聚，但想来人生的分离总是多于团聚，所以我经常想找回我走过的旅途，那是对流金岁月的留恋。这么多年在外面生活久了，感觉到孤独，可我感觉很难去融合，在融合异乡的梦里我却早已经飞到我遥远的故土。"我很喜欢听她说话，也喜欢通过视频去捕捉她的容颜，我感觉我已习惯她在我心中的存在。

在网络的世界我们互相沟通交流，我会告诉她怎样申请个人空间，告诉她如何使用电子邮箱，告诉她如何在论坛书写心中的故事，她也会告诉我很多她心中的故事，还有她对人生的向往和追求。她说以前来自农村，现在家乡还有她眷恋的老屋，每当过年春节总会抽点时间去看，看看屋前的一片梨树，还有池塘边的杨柳，在宁静而温馨的童年留下过许多儿时的足迹。她还轻柔地对我说，等到梨子成熟的季节会邀我去她老家玩，一起分享自然的芳香和果味，我愉快地接受了她的邀请。在那个多情的季节里，我们走进了她久远的老屋，在屋前我们看到成熟的梨子挂满了枝头。我们去采摘我们心中的果实，将篮子装满，将心中的收获一点一点地去堆积，我知道我在用心地堆积我的情感，我潮湿的处女地里那美丽的风景在随风的摇曳中，已经渗透到我的心扉，我很激动在这里，在自然的芳香里我真希望永远沉醉在这片果园里，我感到我们彼此的宁静、自然、和谐。

我们在一起分享着丰收的成果，秀丽将梨子放进果盘里，我急忙拿起茶几上的小刀，削了起来，然后将梨子切成两半，心想，我到她家可不能贪吃，应该是我和秀丽在一起分享。秀丽看到我这样，急忙夺下了我手中的小刀，生气地说："你难道不知道梨子是不能分割的吗？要吃的话，就必须整个把它给吃完，梨的谐音是离，原本是一个完整的梨，在你手里却要将它一分为二，那不就真的分离了吗？我真想你在我的心里就是骨肉连在一起，永远都不愿分开，梨子虽然好吃，可骨肉分离却是非常痛苦的事情。黄哥，你现在就是切开也要把整个梨吃完。"我呵呵地笑了起来，"没有那么严重吧！你这是迷信。"但在我内心却是深深地体会到，人生的聚散离合是很难去改变的，世事难料，今天的相逢也许是明天的离别，谁也难以真心地把握，因为在这世界，我们很多时候却是由于生活中那无奈的情节使我们各自走向不同的人生路。

之后我为了弥补我心中的过失，我将一个完整削好的梨塞到秀丽的手里，希望在她心中能永远感受到甜蜜，希望她的心愿能在现实的生活里得到真实的体验。我看她吃得很香甜，露出了甜美的微笑，秀丽对我说："帮我吃上几口，我要惩罚你。""好！你不就是要我吃吗？我们一起分享好了！"

在宁静的夜空，我们一起走在乡间小道上，相互携手，我能感觉到她温柔的小手，还有她的温度渗透到我的身上，我感觉到一股强烈的暖流流进我的心房，我真想我们能永远这样走下去，不管夜多么黑暗我都不会让她找不到回家的路。

由于我自身的原因，还有很多的事情是自己不得已而为之，我们两个最终没有真正走在一起。秀丽32岁的时候草率地与一个本地人结婚，而且也没有告诉我，我知道她一直在对我耿耿于怀，说我对她不负责，轻易地将她放弃而去选择别的女人，这是最让她难以承受的。我知道她在抱怨我，我也能感觉到她对我的爱成为一江春水向东流，而很难去回头。我时常在梦中看到她流泪的画面，看到她又在说我不该将本是一个完整的梨硬生生地分开，结果我们真的走向各自的人生归途。我时常想起我去省城看她的情景，我们走在湘江风光带上，她依偎在我的身上，面对流光溢彩的都市，面对来来往往的人群，我们走进人海里，走在红尘的最深处，我只看到她的风光，我只会听到她的心跳，还有她那脉脉含情的双眼，将我电晕,将我沉迷在她的芳香里。

前两年因为去外地有事,回来经过省城,想到了我心中久远的秀丽,知道她在城市的一个小小的角落里默默无闻地生活着,也知道她会时常想起我来,于是我拨通了她的电话。"喂,你是秀丽吗?""是呀!怎么今天想起给我电话的。"我说:"我现在在省城火车站,很想看你的。"哦!是这样!你在那里等着啊!我马上就来。"我分明感觉到急切而渴望见到我的表情,我分明感觉到她又在轻轻地流泪,也许是对过往的情感的追忆,也许是对人生的情感的遗憾而不能圆满而暗自伤怀,在我心里能见到就好,哪怕是能听到她的声音,也会让我心生感激。走在陌生的城市上空,我远远地看到秀丽还是原来那样的美丽,只是略带些许忧郁,她又伸出她的手来。"这么多年我们经常阴差阳错,错过了我们人生的美好季节,你不珍惜我,可我们永远都是好朋友,你还是在我心中,告诉你,我现在也离婚了。"我说:"怎么可能?"是真的,我们在一起还没有一年就分开,前不久终于办理了离婚手续。"我感到自责,不知道是不是因为我的缘故。她爽朗地笑起来,我们都已经走过,在以后的几年里,我会好好静一静,去好好地梳理我过去凌乱的情绪,还有我曾经走过的生活,她把我带进了她的小屋,我看到了我为她买的毛绒围巾还在那里挂着,还有我为她买的中国红瓷器的杯子,以及我为她买的裙子……我知道她在回味着过去,只是再也很难走进那个岁月了。

这么多年我依然保持吃梨的习惯,也许生活中我已经离多聚少,一个人孤独惯了,吃着香梨,有时酸涩,有时苦味,有时甘甜,都在自我的感觉里。我现在也学着你以前的模样将梨分着吃,不去管它,自然的本真让我想怎么吃就怎么吃,想吃多少就吃多少,有时过分虔诚的期望得到,结果反而并未让自己得到圆满。我现在很自然的,也很自由的身心游走在城市的中央,我不再是风景,也不再去找寻我所爱的人了,不知道你现在还经常吃梨吗?我说:"也吃,只是没有像你这样经常每天把梨子摆放在家中,可我一吃到梨就会想到你,想到我对你而心生更多地内疚。时常让我想起,每当你需要我的时候,我却夺路而逃,为所谓的生活,为虚荣的名

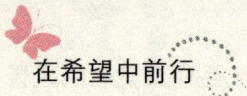

在希望中前行

利而追求，实际上人生的情感在人的一生中也是至关重要，而我不懂得真心地对你，也不懂得去珍惜，而导致我们彼此都不幸福。这都是我的过错，希望以后不要再错过了。""黄哥，过去都过去了，还去怀念它会增添心中的烦忧，我觉得一个人生活也是很好的，我觉得快乐，它就会是快乐的了。"

梨本是甘甜可口的水果，并且是入药的良方，可它只能治疗身体的表象，而不能医治人内心世界的空洞。我现在每当看到分梨就会想到人生分离的苦痛，也许梨本是自然的，人也是自然的，可在人的内心深处却不会像梨那样的静静地在大自然的温床去伸展她心中的甜美。因为在人生的轨迹里，会带着尘世的沙还有许多迷雾去前行着，当一不小心的时候就将真实美的元素给丢弃的，是前路的迷惑，还是自己不能真实地面对你所渴望和追寻的爱呢？我不得而知。

我会想到分梨时的情景，当我举刀的时候，当我莽撞地去割舍我们彼此之间感情的时候，当我笑谈人生的时候，一切的渊源都在我心的旋涡里去沉淀。人生的恩怨离合本是自然的，也许在心中那份难以愈合的情感会随着时光的飞逝而显得非常平常，非常微不足道了。

分梨的感觉就像生命的花瓣雨轻轻洒落，那份清香，那份甘甜永远留在咫尺的天地世界。

当许多人在一条路上徘徊不前时，他们不得不让开一条大路，让那珍惜时间的人赶到他们的前面去。

——苏格拉底

166

爱的专注与投放

情感的专注与投放是人生诸多十字路口的交织与延伸，追求心灵的原点，追求不断延续的人生风景，那份久远的情感不断地扩散开来。

爱是人生永恒的话题，在其中包含多样的情愫，在多姿多彩的人生色彩里，我们一直在爱的世界里耕耘着各自的幸福，然而爱的专注与投放一直在我们人生的旅途中时常让我们去困惑。如何把握爱的尺度，如何延伸爱不变的轨迹，如何将自我真情投放在你燃烧爱的火花的领地，我们矛盾着，徘徊着，彷徨着。自我隐逸的身心，在来去得失的天平里沉淀或升华，演绎着我们的人生。

爱使人精神振奋，又使人形容憔悴，在爱的转化模式里，我们从曾经的懵懂初开，卷入爱河的波澜，到最后一潭死水，已经难以找寻到新鲜的元素和情感，是我们完全拒绝着彼此爱的存在，还是已经厌倦了彼此的生活？是因为彼此太了解，还是因为二人相互之间的隔膜、裂痕已经无法愈合？其实爱是一种责任，一种专注与投放，既然去爱，就应该更多地去珍惜，更多地懂得对方。当然在现实信息化与人性化很丰富的时代，人们的思维与情感有时真的来得太快，来得太早，就过早地凋零在玫瑰的花瓣上，洒下一路花瓣雨，还能清新感受到玫瑰芳香的存在，但伊人已经走远，曾经的爱已经荡然无存。

在希望中前行

真心去爱一次，投放在心灵的湖里，作为每一个选择爱的年轻人来说，都是如此地让人清新与明快。那遥远的未来在幸福的温泉里淋浴着心中的热泪，那是生命的感动，那是寻觅到真情的碰撞，那是对生长相依的渴望，然而在生命旅途中，我们都必须面对现实的生活。那是把握当下现实的给予与奉献，那是彼此相互关心与支持，那是患难与共的依偎，生活在开始，我们磨合着我们的生活习惯，磨合着我们的情感，磨合着我们多变的人生。

爱相伴着人的一生，在人生的过程里，我们有时不小心失去爱情，失去友情，失去亲情，但我们最好是不要把自我失去，该投入的时候就要全身心的投入，该放手的时候，就勇敢地放手，放下并不等于完全失去，也许还会有新的风景和新的人生的情感等待我们去深情地拥有。作为爱本身就是一种心灵的体会与感受，我们能否做到专心的欣赏，全在于对爱的理解与包容，全在于真心的关心与支持，全在于是否能在人生长河里将彼此之间的情感进一步加深，进而不离不弃。

艳子是我在南方打工时的一位同事，三十多岁的知识女性，可惜离婚几年了，一直飘摇在红尘的风波里。有一次我问她："出来几年了，为什么没有看你另外去找一个爱人。"艳子若有所思地对我说："爱与不爱，其实对我都是好多年的事情，我很想专注地投放在我的家庭里，可我感觉到受伤的总是我。我当时也容忍他生意的亏本，可他上班之后还整天吊儿郎当，经常打牌，出去喝酒，从没有把心思放在家里，我时常找机会和他沟通，他却漫不经心。生活是靠双方共同努力去支撑和维护的。和以前老公相处的几年，我总是付出，我曾经也想过，想通过我心中的泪水和我的温情去感动他，可我愈渐感觉到我们的距离越来越遥远，我在他心中已经变得淡漠了，也许他已经变得玩世不恭。我很想塑造他，影响到他，可一切都是白费，你说在这样的家庭我能做什么呢？所以还不如好聚好散，我的专注最后也是竹篮打水一场空的。我现在也不敢去投放我心中的情感，总感觉到情感确实是个很玄的东西，把握不好，就彼此去伤害，但我相信以后我也会慢慢去平衡自己，会顺应心境去寻找我迟来的爱。"

情感的专注与投放有时是一种忍耐，是一种牺牲，也是一种心灵的超脱与相互性情的感染，我们不仅仅需要很大的勇气去承认对方的缺点和人生的习惯，而且要在相当一段时间去真心的交流与沟通。每一个人都是心灵的宝藏，只是在时光流逝中，我们无法承载着心中的失落与偏离繁华的心中的美景，总觉得情感的尤物不是那样顺心，随意地听我们去摆弄。也许你是对的，也许你当时错了，错在不能真切地把握对方的心理，错在不能燃烧起对方成功的欲望，错在不能在人生的低谷找寻到他蜿蜒的心理曲线。当你真情地静静凝望，全身心融合，也许彼此双方会有新的发现和改变，会如同新婚燕尔一样默契与期待去走好人生的每一段路。

当然在生活里要是真的感觉到彼此的情感已经名存实亡，我们也不要盲目地纠缠不休，分手也是难免的，生活中偶然的因素也不是我们能为之左右，投下你的情感也是为了更好的播种你未来的希望，该放手就去放手。也许离婚表面上看双方是很痛苦，实际上相互情感的转移与变迁，而不能真心的像以前吻合，长此下去，那是一种心灵的累赘，一种负担，也不可能得到真正的幸福。

生活中需要我们专注和投放的情感很多，不仅仅是爱情，人生拥有多样情感，大多需要我们真心地释放我们的情感底线，去精心地维护，就像我们编织生活的梦一样，需要我们穿针引线，从线的这端穿梭到线的那端，在长长的距离里交织着我们美好的彩虹似的衣裳，装点这多彩的粉红的世界。

在我的生命里，我一直都在专注地释放我的真情实感。时常为一束鲜花凋零在严冬，而不能迎接到春的到来而惋惜，时常为燕子在我的天空飞过，却找不到她过去的影踪，而感到迷惘和困惑，也时常为我来来去去的同窗友谊而真心的点藏，有的却永远也难以去找寻。而让我倍感生活的流动与岁月无情的蜕变使我感觉到心里的焦虑的，还有我曾经相逢的朋友，我的同事，我尊敬的良师，我很想跨越时间与空间的隧道与他们真心地交流，长久的专注，去真心寻找回来的世界。好在这个美好的世界里，我的父母，还有我的亲人能让我经常看到，也能真心的相守在他们身边，让我

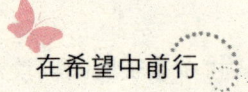

在希望中前行

在落寞的人生季节找到心灵的安慰与新生活的信心。

情感的专注与投放是人生诸多十字路口的交织与延伸，追求心灵的原点，追求不断延续的人生风景，那份久远的情感不断地扩散开来。当然在旅途中会偶遇到人生情感的断点，但万川归途，该投入的时候我们就大胆地去投入，该放手我们就不无遗憾地放手，我们都会迎来我们人生美好的春天和情感的春天。

敢于浪费哪怕一个钟头时间的人，说明他还不懂得珍惜生命的全部价值。

——达尔文

走过的依然是美丽

在美丽依然的现在，在走过的人生的每一片土地里，我们懂得了不要轻易放弃，也懂得了我们不能轻易地说爱，不能轻易地投掷你生命的棋子，在那美丽的心灵原野上，走过的依然去走过，走过的依然是人生华美的篇章。

生活本是一个舞台，在舞台上我们随时面对着舞台的搭建开启与落幕时候的离散，就像人生一样本是有方向的前行。我们会在一些时间段暂时去告别昨日的舞台，远走他乡，感悟生活的真实与新的人生色彩，实则是为了追寻新的人生快乐与幸福，在偶然与必然的间隙里，我们走向不同的人生归途，在天各一方，在遥远的异乡畅想起心中无限的思念。

在陌生的异域，我们心中时常伴随着歌曲《天各一方》走向那片神秘的乐土。其实我们会有些无奈，为过早地融合陌生而感到恐慌，为自己游离城市的边缘而不能完全的融合而倍感焦虑。可我们还得真心去面对，真希望在新的天空能寻觅到渴望已久的家园，那里有我亲密的爱人，有我盼望已久的亲人，有我更加熟悉的温馨的环境，可这一切在那一片天空去敲响我生命的钟，在时间无情的岁月里慢慢地耕耘，静静地去等待。也许相信终会有天各一方的彼此盼归会成为过往的故事，在现实的轨迹里沉淀着、品味着那一段悠远而绵长的生命感动。

春燕来自西洞庭湖畔一个小小的村落。在那片沉寂的土地，春燕沐浴着生活的阳光，在春的季节里健康的成长，16岁的她初中毕业就勇敢的走向她所向往的社会熔炉中,因为她在读书的时候就非常希望自己有一天能像空中的燕子一样高傲地在天空飞翔。我很年轻,我需要改变自己的现状,我愿意暂时忍痛告别我的亲人与朋友,在新的人生征途寻找到我人生的位置和理想的殿堂。懵懂初开的她和许多打工者都渴望踏上人生的航船,在遥远的异乡,她学会了工作的技能,学会了与别人真诚地交往,学会了寂寞却不知道是寂寞的滋味,学会了在机械的生活里装饰着自我美丽的容颜。时间在春燕手指的间隙里悄悄地溜走,春燕感觉自己在一天天的成熟,就像熟透的红苹果,希望有人去欣赏与采摘,毕竟是孤独的心想去靠岸,希望在孤单飘零的日子里,享受到人间最真挚的爱。

在陌生的城市与工厂里她来回穿梭,穿梭在城市的灯火,穿梭在人海茫茫的世界。一次偶然的机会,她在一家饭馆遇到了来自家乡的厨师小张,因为春燕很喜欢吃家乡菜,而他这家饭馆每天都可以为她做她喜欢吃的菜肴,在这里她坐在临窗的座位上,看来来往往的人群,看外面的风景,繁华依然,而自我却如同一条小鱼儿在大海里遨游,世界之大,却找不到自己真正容身的住所,真想有一天能长久地生活在这座城市,真想有天会有一个完美的家庭,在西湖边上一起去悠闲地散步、散心,去陪伴真心爱人。

春燕在以后闲暇的时光经常来到这家餐馆吃饭,渐渐的,小张与春燕也慢慢地熟悉了,在以后的交往中,小张以特有的憨厚朴实的性格,让春燕像找到了人生的支点。在她的心里,她的要求并不高,只希望有一个真心关心她,爱护她的人在她寂寥的岁月给予她山一样的安全,给予她温暖,能在陌生的旅途为她遮挡风雨就足够了,她喜欢淋漓人生的风雨,不管以后的路坎坷不平,她都愿意,因为外面的风雨总能使她更多地融合大自然的江河,她会和她心爱的人一起遨游在江湖里。她喜欢小张为她烹饪的饭菜,喜欢他的直爽,也喜欢他的帅气,小张跟她说,他想和她一起回到家乡,去创造以后的新生活。春燕感觉到幸福来得太快了,但愿永远都会这般的美好。

在以后的生活里,春燕和小张一家人生活在一起,在同一个屋檐下,由于相互的家庭环境以及习惯的不同,使春燕想到了外面的世界,想到外面自由的空气,清新的自然,来到这里她感到压抑,感到小张也没有了以前的进取之心,一些不好的生活习惯和毛病相继表露出来。其实在春燕的心里也感到无奈,偶尔也很想维系这个家庭,毕竟生下了一个小孩,她也很不忍心离开,有多少次她很想与小张很好地沟通,可他不想离开家乡,不再愿意与她去闯荡外面的世界。她感觉到与小张以及他们全家之间的距离,也许是他们已经有点嫌弃她来自农村,也许是自己不太乖巧,不太知书达理,让别人感觉相互之间的隔膜,与其这样,还不如换一种环境吧!因为在春燕看来改变别人,还不如去改变自己,最终春燕挣脱了出来,在她心里感叹爱有时来得太快,也是最容易失去的,早知如此,何必当初,春燕的心中暗自流泪,为曾经的选择,还有以后迷惘的未来。

走在人生的十字路口,徘徊着人生的悠长,孤单的影子将春燕拉得如此的狭长,单薄的身影,憔悴的身心,在无边的江河湖海里沉醉。春燕学会了喝酒,学会了打牌,学会了在双重人性的冲刺中展现自我的风采,一个人,还是一个人,在天的一方去踏雪寻梅,去寻找自我的潮汐,自我感伤的缘。春燕时常为自己疗伤,她似乎不再去等待和苛求别人,也许以后的一生就是一个人在冷静、寂寞的岁月里度过,也许这就会成为她生活的习惯了。

因为同事的关系,我能常常看到她美丽的笑颜,也能听到她优美的歌声,我觉得她在不断地变换着自我的情绪,融合这多变的世界,也融合这多姿多彩的人生美景。在落寞的季节里,我看到她在网络的世界找寻着她心中的快乐,在斗地主的交换牌中,在 QQ 农场的辛勤种植与采摘中,她似乎陶醉其中,忘情地投入。在那游戏规则的人生天平里,但我觉得她还是一个朴实、开朗、热情的女孩子,虽然带着伤,也许人生没有不带伤的风帆,但总会修葺好生命的航船,终有一天会驶向她所希望到达的人生彼岸。

有一次我问她:"这么多年还是一如既往地在来来去去的人生旅途里前行,是否找到了人生的大海,是否感到欢欣,是否已经完全融合在新的人生追求的风光里。"春燕会淡然地说:"走过的依然是美丽,我从小就离开家乡,我就知道我的全部身心是属于外面的天空,我会继续去追求我的人生,我的事业,还有我那想圆满却还没有圆满的梦!我虽然已经走过,但生命的每一个人生驿站都会或多或少地留给我许多人生的欢乐,还有那些曾经停留的风景,走过方知人生旅途的遥远,爱过方知酒醉的心依然散发着心灵的醇香。"

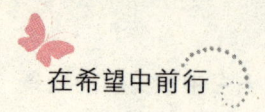

在希望中前行

　　前不久听说春燕找了家乡的一个男朋友,听说是一个她以前的好朋友给她介绍认识的,不管怎样,我希望春燕会真情而又妥善地处理好彼此之间的关系,相信过往的岁月对她是一次人生的经历,也会是一次心灵的旅程。在风光里,我相信她会正确对待以后将要走进她生活的男人,会给予别人更多地包容和体谅。因为人生是美丽的,走过的依然是美丽,何不到现在去珍惜生命中美丽的感动,过去的美丽是愧疚,是遗憾,是少年不知愁滋味,是青春年少不能真心地掌控自己的爱情,相信在未来的岁月能珍惜彼此,适合着时代的气息,适合着缘分空间那不了的情愫。

　　我们每天都在时代的起跑线上奔走着各自的人生,在人生的风光带里,我们会一一去真心地走过,虽然会有短暂的痛苦,也会有人生的困惑与焦虑,也会有绵长的煎熬与等待,但都会是我们人生中最宝贵的财富,也会是我们人生中最壮观的风景。在美丽依然的现在,在走过的人生的每一片土地里,我们懂得了不要轻易放弃,也懂得了我们不能轻易地说爱,不能轻易地投掷你生命的棋子,在那美丽的心灵原野上,走过的依然去走过,走过的依然是人生华美的篇章。

　　人性的升华常常更多地来自于心灵沉浮,我们不要去忧伤,不要去徘徊,相信自己,相信你所走过的人生的一道道风景,美丽的永远使你美丽,那会是你对过去与未来最好的纪念。

成功=艰苦劳动+正确的方法+少说空话。

——爱因斯坦

第六辑 爱是人生中最美丽的风景

爱了还会远吗

我们一直深深地眷恋着对方,在不远的爱的距离,我们犹如咫尺之间,在相互真心地期待与回望中,我能看到她美丽的眼神,也会看到她风中靓丽的身影。

冬去春来,我在有限的生命轨迹中单一地走着我的人生路。一个人,似乎早已习惯了看世间的花开花落,潮涨潮落,淡淡地犹如一阵秋风拂过,空中散落的叶子在风中翩翩飞舞。我就像那生命的一片叶,将我吹向何方,我就会深深地沉寂在哪里,自由着我的自由。没有人会惊羡,也没有人去感怀,更没有人会轻轻地捧在手心里将我珍藏。

在孤独的岁月里,我一直沉溺于网络,在网络与现实的氛围里我左右冲刺,寻找着我心中的快乐以及爱的寄托,我经常借助文学论坛,书写着我心中对人生的感叹,书写着我的寂寞。我的哀婉与惆怅,有时如履薄冰,有时飘摇在风中,我是一片云,我又是一块寒冰,在风起云涌的岁月浪尖,我随着季节的变换,变化着我的脚步,我踌躇满志的神伤,我已经找不到生活的方向,已经诠释不了生命中那真实的情感。

落寞中我会和文学笔友畅谈着我的心思,诉说着心中久未难圆的憾梦,我有一个文学笔友是湖南省作家协会的会员牧二先生,我经常和他探讨文学,向他请教文学相关的知识和趣味,闲聊时也会说点个人情况。我告诉他我都快40了，要是再不找女朋友，再过十年八年我都没有人要了。"呵呵！是吗？不会的，你是文学才子，会有女孩子喜欢你的。"牧二先生说："那不一定，我来常德这么多年，认识的人也非常少，社交圈子十分的狭窄，而且自我封闭着自己，我很害怕走出来，主要是自卑还有自我的不认同。"牧二先生告诉我："不要这样去想，每一个人都会有自己的位置，也会寻求到缘分的所在，人们常说，歪锅配歪灶，半斤配八两，总会遇到相匹配的，当然也要大胆地走出来啊！我告诉你有一个婚姻网，我觉得很好，你可以尝试性地进去，也许会有另外的收获。"

我半信半疑地按照他给我的网站地址，注册了会员，并将自己的照片也贴上去，并将我觉得比较相近的人加为好友，并将联系方式留在上面，希望能有人关注到我，实际上我不是特别相信，因为网络与现实还是有很大的区别，很虚拟，而且网络中经常有上当受骗的人，但也有成功的先例，希望我能美梦成真，我虔诚地为自己祈祷。过了几天，在百无聊赖之际，我又轻轻敲开婚姻网的大门，我唐突地走进去，悄悄地打开我的会员资料，发现有一个女士给我留言，我感到惊喜，但愿会有一个新的开始。有一天，我还是像往常一样打开了我的QQ，突然在我的好友里面有一个新的加入信息，我急不可耐地用鼠标点，发现是婚姻网的她，我激动地把她加为好友，希望在以后的生活中彼此能多点联系。

在以后的日子里，我慢慢地知道很多她的故事。她告诉我她是张家界市慈利县城的人，在一家事业单位工作，曾经也有过充满遗憾的婚姻，丈夫不幸在四年前悄然离开了她，留下她和儿子，这几年来她一直含辛茹苦地独立支撑着一片天空，原本想不找，可一个人的生活还是太枯燥无味，有时连一个说知心话的人都没有。特别是夜晚，宁静的夜空寂寞着她的空虚，儿子又太小，很多的心思还不能与他诉说。她感觉她还年轻，难道以后就这样一个人去度过？儿子终究是要离开她去远行，他会有他的幸福，而她呢？她经常自我矛盾地生活着，冥想从前的他已经不复存在，只有过往点点的温情留存在心的那一方角落，时时让她心疼，可她不能心痛一辈子，九泉之下的他相信也不愿意她一个人背着沉重的负荷孤单地行走着。

我分明感觉到她在擦拭着眼角的泪水,我能体会到她此时的感受。

透过 QQ 视频,我能欣赏到她渐近渐远美丽可人的头像,只是略带沧桑,无望而忧伤的眼神,还有厚厚的眼袋,想必是度过了一个又一个不眠的夜晚。但整体的她在我看来还是很生动感人,因为她长着一副娃娃脸,还有她那高高的鼻梁,以及大而厚的嘴,都会让人心生许多的遐想,我心想要是她能开心起来,每天微笑着面对生活,那该多好。她真的很漂亮,很有韵味的,我很同情她的遭遇,毕竟以前的婚姻让我痛苦难言,好在我走了出来,因为我确实需要一个更好的女人能真心地爱我,关心我,共同走以后的人生路。

她很羡慕我的文才,而我很喜欢她有一个稳定的工作岗位,她很喜欢我在她面前诉说着心中的故事,她甘愿做个忠实的听众,而我喜欢她甜甜的微笑,喜欢她神伤过后雨后彩虹般的美丽眼神。我们经常在网络一聊就到凌晨 1 点或 2 点,我真心地对她说:"这样不好!一来会影响工作,二来会影响身体健康,你要是因为熬夜而变成老太婆,你会让我赔偿你青春损失的,那我真的是对不住你了。"她呵呵地笑起来,她对我说:"没有别人要,只有你要,我也很欢喜了。"我常跟她说:"距离不是遥不可及的难事,关键是心与心的距离,那是需要我们共同去走,去真心地维护,更何况我们相隔也不是很远,不就是 90 公里吗?一个多小时就到了。"她告诉我说,再过几年她就可以办理退休的手续,这样完全可以天马行空,任意遨游,当然你要对我好,真心地爱我,我会考虑到你身边去陪伴你,是吗?那我太高兴了,希望能如我们所愿。

在她面前我感到很渺小,很自卑,在现在的社会,经济基础决定上层建筑,没有一个有稳定的收入,没有一个安全感的男人是很难维护好一个家的。她会平和地笑着对我说,那你就当专职作家,不要工作了。我说:"那怎么可能,我现在还需要更多地努力,其实我真的不算什么,在文学璀璨的星空,我不过是一颗小小的流星,并没有太多的知名度,而且出版的专集也不多,但我会努力地为之去耕耘,就像我追寻着我心中梦缘的爱一样,我终有一天会成功的,会有一个心仪已久的女人真心地携手。"她

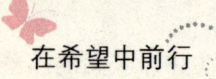

在希望中前行

常常会对我说："你不要总在我面前说钱，我找男人不是为了找钱，我是一个很普通，很平淡的女人，我没有太多的要求，我只想找一个志同道合，有责任心，有爱心的男人，现在不代表将来，一切都会改变，一切都会有新的发展，我们不都在成功的道路上精心地装点我们的世界吗？"

我很喜欢那里的山水，更喜欢她山水一样的质朴，爽朗，善良的性情，她在我心中就像潺潺的流水在我心河的温床里徜徉，回荡，让我经常彻夜难眠，但我乐此不疲，感觉到幸福！她常邀约我去她家里，在那里久住还是去找份工作，她告诉我说，她很想陪着我一起去欣赏五雷山的风光，一起到山顶的道观去抽签，卜卦，听说那里的签与卦很灵验。她会慢慢地陪着我走，相信在重峦叠嶂的群山里会找回我们永恒的相守和梦缘。

我们一直深深地眷恋着对方，在不远的爱的距离，我们犹如咫尺之间，在相互真心地期待与回望中，我能看到她美丽的眼神，也会看到她风中靓丽的身影。在我们的距离里行走着，我感觉我们越来越近，感觉我的心已经被她的温柔、被她的痴痴的向往所迷惑，我真想用我一生的感情和责任去丰富她的世界，让她真心地快乐起来，找回久久彷徨未定的家园。

爱了还会远吗？相信不会远了，我会精心地准备我的行囊，我全部的感情，我生命中最真实的爱去投放在她心灵的湖，我愿意在她清澈的湖里得到永生！

合理安排时间，就等于节约时间。

——培根

第七辑

旅途中的思绪与怀想

人生就是一次长途跋涉的旅行,我们要披荆斩棘,冲破眼前的迷惘与错落的视线去追寻心灵的光亮。一个人,还是一个人,拖着你渐渐远行的影子,在苍茫中,在辽阔的大地上,走着属于你的悲凉与惨淡的人生之歌。

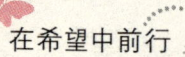

在希望中前行

学会忘记

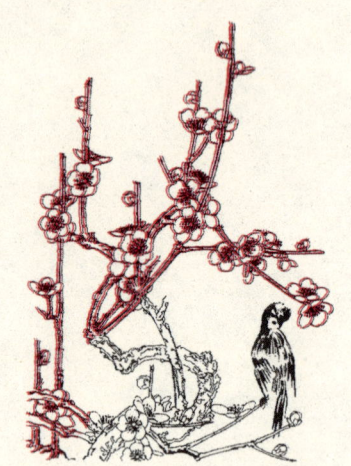

学会忘记,就是学会了达观世事的心态,就是懂得了人生的取舍。生命中总是好坏参半,阴晴圆缺融合其中,生命本是一条充满遗憾的旅途,但我们依然要擦拭心中的泪痕走向无限的光明中去,因为前方的世界总是令人迷恋与向往。

对于历史,忘记就意味着背叛,可生活中很多事情忘记比铭刻在心要好得多。忘记可以使一个人轻松地踏上新的人生;忘记可以使人减少恐惧的心理,平和地处理当下的事情;忘记可以使人积极地行动,而不会老是停滞在过去的阴影中循环往复。

忘记并不是完全抛弃过去,而是推陈出新,以积极的人生态度,良好的心态去迎接明天。人生就是要有不断忘记本不属于你的气魄和勇气,事业、爱情、婚姻亦如此。是我们的,我们努力去追求;已经不是我们的,或已经成为了历史,你依然耿耿于怀,意志消沉,这样会影响到以后的生活。实际上忘记成功,就不会老是重复自己,不会自恃优越而失去超越自己的锐气;忘记失败,就不会妄自菲薄,不会背负失败的阴影而影响拼搏的信心。

有时说起来容易,做起来却又很难。雅静曾经是我的大学同学,她是一位非常优雅文静的女生,高挑的身材,一双明净的眼睛透露着灵动的智慧。我最喜欢她的披肩长发,在风中,在行走的每一条幽静的小道,飘逸、飘散开来,她的芳香,她的气质一直深深地吸引着我,由于我们都是一个县城来的，因此我经常找机会与她接触，希望能得到她的好感。雅静成绩一般，但人很漂亮，而我相貌平平，而成绩在班上却很优秀，我经常和她探讨学习，希望能引起她的注意。有一次英语考试没有考及格，我说，没有关系，相信你下次一定会考好，我就把我学习的资料给她，告诉她如何掌握课本的相关知识，而且我会抽空在自习的时间给她补课，很幸运的是，下次考试果然考得很好。也许是出于感激，也许是看到了我的真诚——真心地对待她，我们在以后的大学几年里幸福快乐地在一起。大学毕业之后我们如愿地回到了自己的家乡，我由于事先联系好了单位，可她还得等待工作分配，我说别着急，事情总会有转机的，慢慢去活动，好吗？她轻声地应允，我明显感觉到她的忧郁，还有她心中的绵长，我真希望一切都会好起来。

有一天，雅静告诉我，她想去南方发展，不想在这里久久地等待。我对她说："你走了，我该怎么办？你是不是真的要离开我，在这里一切都会好起来的，实在不行，你做个生意也可以，何必去那么遥远的地方。"我担心我们之间的感情难以承受风雨的侵蚀，希望她能冷静地想一想。可她义无反顾地说："我是为了以后的生活会更好，自己有个生活的位置，我依然是爱你的，你放心好了！"

之后她去了遥远的南方，刚开始我们还经常联系，慢慢的联系越来越少。我感觉到不妙，就去了她的家里，问伯母，伯母面带难言的羞涩和我说："你就不要再等她了。"她说完，转身背朝着我，我感觉她内心的自责和不安，也感觉世俗的无奈，因为我不能真正地给予她太多，可我又能怎么样呢？我也是刚刚走向社会，一切都需要新的开始。

我颓废地走出了她的家门，我也想努力地联系上她，可一切都是徒劳，我想我们之间的感情就这样雨打风吹去，觉得这不是结局的结局。也许我真的该忘记以前的浪漫，还有以前存留的点点温情，因为她一直向前走了，而且是朝不同的方向，不同的心理曲线，我们将走向各自的荒漠，很难说谁对谁错。

时间就像流水一样永无止境地朝前流去，我们都有了家庭，而且我也

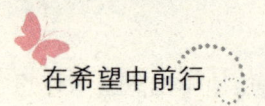

找到了平淡而不乏真情的伴侣，但我时常想努力忘记她，她总是那样美丽地浮现在我的面前，可我又感到怨恨，为什么她那样的薄情，不说再见就离开我。就在前几年，由于工作机会我去省城学习，我知道她后来回到了省城生活与工作，我很想联系她，可我不能那样做，怕自己又回到从前，怕自己无法面对现实，面对已经早为人妻的恋人。我在努力地学着忘记，忘记我的过去，忘记曾经的风雨，忘记情感的困惑，我应该开始新的生活，我在心里默默地为自己祈祷、祝福，希望过宁静的生活。

在省城长沙，我每天习惯着学习与生活，望着窗外的风景，望着来去的人海，我感觉我是陌生的，我也很难去融入这座城市，因为我很喜欢安静的生活，不愿意有太多的起伏折腾。可有一天下午我接到一个电话，电话的声音很悦耳，很熟悉而又陌生，但我分明感觉是她，我诧异地说："怎么是你呀，你怎么知道我的电话？"她说通过我的朋友联系到我的。哦！我对她说："这么多年，你还好吗？想必你生活得很幸福。"她禁不住内心的潮涌哭了起来，我颤抖着双手焦急地问："你怎么啦！你不是追求你的幸福生活去了吗？你应该生活得很快乐的，至少比我强。"她语无伦次地说："不好啊！都是我不好，当初不应该轻率地离开你。"我感觉到她内心的苦痛，也能体会到她此时的心情，我对她说，要不这样，我在你附近的一家酒楼等你，我们再谈吧！她轻轻地答应了。

坐在酒楼的卡座里，我静静地等候她，不禁让我想起世间的人们，他们是否也会和我一样矛盾着、困惑着，是否淡然于眼前的风光，是否能真正转移自己的情绪。我只感觉平淡而和谐的生活反而让我真实，我已经不再是 20 出头的小男生了，对于感情也不会再像以前那样有火热的情怀，但我已经深深地走过，是内疚，是推诿谦和，还是实属无奈？可过去的一切都已经化作晚霞的秋风，抖落一路风尘的是片片的枫叶，飘散在归去来兮的红尘里了。

轻轻的敲门声，我看到了久违的雅静，她还是那样漂亮，但已经没有了以前的光华和灵气，而且明显胖了，似乎还有点臃肿。看到她不由得我更多地欣赏，慌不择路地走上前，紧紧握着她的小手。她久久地注视着我，在她看来看到了久远的风景，那曾经恋恋风尘的爱人，那曾经让她久久也无法忘怀的初恋情人，今天就在眼前，可在彼此心的距离又是相隔那么的遥远。迟疑过后，我急忙招呼她坐下，我问雅静，这么多年过去了，一切都还好吗？我相信你的选择是正确的，当我把话说完，她马上哭了起来，我是最怕女孩子流泪，一哭我就心软，就不知道东西南北。她对我轻轻的倾诉着，"刚开始还好，可后来他单位效益不好，他就下岗了，我曾经规劝他做点生意，可他不听，还染上了喝酒打牌的不良习好。你知道吗？我现在怀孕了，可我不想要这个孩子，我想和他离婚。"我不知道该怎么劝说，"还是要这个孩子，你看你们结婚好多年了，好不容易才有孩子，就应该保住，其实人都是可以改变的，而且，即便以后离婚了，孩子也是你的希望，你的精神支柱，你还是听我的把孩子留下来。人生总有风雨，生活是现实的，已经不是我们大学时候那种浪漫的时代，也不要更多地回忆过去，这么多年都过去了。我呢？只是你生命旅途中遇见到的一个路人，我们每天都要走很多的路，也会遇到更多地人，何必将过去的风景老是融合在你现行的生活轨迹中去，这样会多份不自在，学会忘记吧！这对你，对我，对你以后的生活会有好处和帮助的。"

雅静望着我，好像以后很难找寻到我一样，我都有点不好意思，但我感觉她还在轻轻地哭泣，就像一个找不到方向的女人需要一个安全导航的男人的领路。我拿出手绢放在她的手上，对她说："一切都会过去的，希望你正确而辩证地看待现在的生活，生活需要时时去更新，去维护，去精心地营造，相信你以后会走出你自己的一片天地。"雅静对我说："都是我不好，不该离开你，你能还继续和我好吗？"我很慌张，我很诧异，我不知道这样的好是什么样的好！是友情还是爱情？还是想再续前缘，我无言以对！只有在心中默默地为她以后的生活祈祷祝福。

后来听说她把孩子生了下来，没有过多久，他们两人还是分道扬镳，离婚，孩子也判给男方，我不知道她现在孤零零的一个人在宁静的黑夜中在想什么，想她过去的生活，那个和她相处快10年的男人，还是会想起我来。我觉得雅静不管想谁，都应该振作起来，生活都是自己去创造的，

只有很快地结束，才会很好地开始。也许对她来说，离婚是一种心灵的解脱，也许是一种沉重的负担，因为只有忘记过去，面对当下，才能以积极的心态耕耘新生活，才能重新赋予自己新的生命，我希望她一路走好！虽然有时是带着伤的，但伤痛总会得到痊愈的。

就在前年，我也因为诸多的家庭纷争而与曾经相守10年的妻子离婚。我一直很想维系婚姻，希望自己能有个平静的生活，可在现实的生活里，人总是理性与感性的结合体，曾经的固守有时是经不起时间洗礼的。我黯然神伤，努力去改变自身，寻求自我新的舞台，我悄然离开了小小的县城，来到了距离不远的城市发展，希望能将自己忘记，也能将过去的风花雪月，温情的世界暂且留存，我会有我的将来吗？

忘记一个人是很难的，忘记自己的伤痛会更难，可生命之舟总是驶向浩渺无限的海上。你要学着孤独，要懂得寂寞是什么滋味，也要真心地融合海的气息和海的波澜，因为在海的那一边总会有你希望的彼岸。

在陌生的地方我慢慢地懂得了自珍、自爱、自强，在单一的色彩里，让我想起落寞的雅静，不知道她现在是否安好，是否找到了新的人生伴侣，是否已经忘记了曾经的伤痛？我希望她在陌生的城市里与我擦肩，与我重新燃烧起爱的火焰，我相信那会是很美好的。

在心里我对雅静既有怨恨又有心生爱怜的心理，我应该忘记她的过去，应该给予她更多关心与爱护，我多方打听才知道她已经回到了自己的家乡，我轻轻地拨通了她的电话，告诉她我的情况，她泪流满面地说："都是因为我吗？""不是，怎么会呢？人生的错位有很多，也许并不是开始就能发现的，但我心里告诉我，我的内心世界还是有你的，以前真的不敢有非分的想法，因为我有我的家庭，我有我的自尊，还有周围的环境，让我不断地压抑自己，现在好了，我解放，我自由了，我拥有更多平和的心态去争取我的幸福，希望你能认真的考虑。"雅静听我这样说，激动起来，"太好了，以前是我绝情地对你，我很惭愧，想不到人生让我有这样的失而复得的情感，我很欣慰，我很快乐，我会用我的一生，就像维护我明净的双眼来擦拭我们心中的泪痕。"我说："好的，我等待你的归期，我相信我们会幸福甜蜜的。"

　　学会忘记，就是学会了达观世事的心态，就是懂得了人生的取舍。生命中总是好坏参半，阴晴圆缺融合其中，生命本是一条充满遗憾的旅途，但我们依然要擦拭心中的泪痕去走向无限的光明中去，因为前方的世界总是令人迷恋与向往。

　　我的理由是，世界上的事，若不让别人尴尬，也不让自己尴尬，最好的办法就是自我作践。比如我长得丑，就从不在女性面前装腔作势，且将五分的丑说到十分的丑，那么丑倒有它的另一可爱处了。

——贾平凹

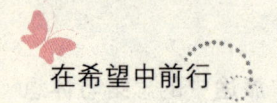

在希望中前行

迟来的缘分

在缘分的天空,不要说太早,也不要说太迟,只要我们用心去感受着,彼此真爱着,人生都不算晚。

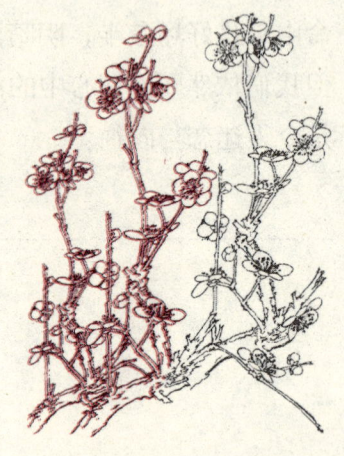

在缘分的天空下我们不是太早地邂逅,就是交汇太迟,不管早与迟,只要我们能真心相爱,真心地走在一起,都会让人今生留恋和感动的。缘常常是妙不可言,当你急需的时候却不能降临在你的世界里,当你带着入世的情怀淡然地走人生路的时候,却悄然而至地走近你的身边,给你一幅美丽的风景,让你不知所云,不知道眼前是梦幻还是真实,但心灵的一隅早已留存着那片心灵的绿洲,等待着彼此耕耘收获那份迟来的爱。

人生经常迟到,不是因为我们喜欢姗姗来迟,而是由于人生只是一场没有回返的旅途,我们太过于用心感受生命驿站的每一份快乐。也许我们由于山高路滑不得不停留下来,也许是由于在大风大浪中飘摇在那一望无际的江湖,不小心就碰撞到江湖的暗礁,将我们搁浅,将我们击伤,人生的风帆没有不受伤的,痛定思痛,我们还需要去前行,还需要有人携手去走完生命的全程。

第七辑 旅途中的思绪与怀想

军和艳的相遇是人生的奇缘,要不是因为军的同学的牵引,也许军到现在也不会拥有女人的芳心。这么多年,军因为离婚的缘故,一直在自我的世界来去泅渡,在单一的色彩里,军时常以自己为友,以文字作为倾吐的对象。军的同学经常在网络和军交流,希望军能重新面对自己,给自己一个更开阔的心灵空间,能重新审视和对待新的人生。军也会和他的同学说:"谢谢你对我的关心,如果老同学有合适的人选可以介绍给我,别笑我很传统,但我还是很相信缘分,就像我们是同学关系,你一直默默地支持帮助我,我觉得这本身就是难能可贵,需要更多珍惜。"老同学呵呵地笑了,对军说:"你还是去珍惜你自己,珍惜你身边的缘分吧,当然有可能的话我会为你去留意。我很想你有一个健康正常的生活,能更多地融合这个社会,感受生活中更多地幸福与快乐。"

有一次,军在下午上班时接到老同学的电话。老同学对他说:"我准备给你介绍一个朋友认识。"军问:"是哪里的"。"呵呵!你别问那么多,我给你一个QQ号码,你们晚上通过视频聊天你就知道了。"老同学说完,很快地挂断电话。军迷惑不解,心想真的是男人,做媒人都不是很专业,不过在军心里还是很心存感激,期待晚上真的有一位美丽朴实的女人跳动着美丽的QQ图像轻轻地敲响早已经沉睡的心灵。

宁静的夜划过心灵的黑暗悄然而至,军似乎在沿着光亮的世界走去,急切地打开电脑,打开那天涯海角心海的消息,果然发现有一个网名叫艳的女人轻轻地走进军的窗前。军心中异常激动,因为好久没有女人给他轻声问候,好久没有女人走进他网络与现实的空间,军马上把她加为好友,毫不迟疑地把视频打开,就像打开心灵的闸门一样,让往日的温情重现,让昨日的春风细雨去痛快淋漓周身,换一种心情,变幻一种清凉的世界。在缥缈的空间,军发现艳的美丽来自遥远的东方,她就像东方美人在军的视线里浮现,那美丽的脸,那染红的发肩,那醉人的酒窝,那眉宇间的美

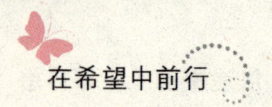

人痣，相得益彰，自然中散发的清香从网络的那一头流向了军的空间。军喜欢她的微笑，喜欢她的朴实感人，也喜欢听她从前的爱情故事，还有她美丽的名字。军有种似曾相识的感觉，有种飘飘欲仙的神往，有种在落寞孤独的心境里重新燃烧起爱的欲望，在军看来有人懂得和关心是让人眷恋的。

艳来自于军的家乡，很早就离开家乡去寻求新的发展，幸福的家庭是相似的，不幸的家庭各有各的不幸。艳流离在陌生的城市，被人遗忘在家的边缘，在自我的世界努力追求着自我的快乐，她的不幸常让军感伤，也时常为艳的遭遇在心灵的深处落泪，为什么不能早一天遇到她，为什么不能早一点给予她更多地关怀，军也很庆幸能在偶然的一次交叉的人生十字路口不期而遇，不算太晚，虽然已经不早，但在彼此的心里更多地对情感的真实有个更理性的思维和呵护，相信在以后的岁月里会有一个真心的融合。

他们时常在网络的幽谷里轻轻呢喃着彼此的心里话，没有别人的惊醒，也没有更多人的关注，他们感到平实与自然。因为在艳的心里需要的是一个真心爱她的男人，不需要他多么伟岸挺拔，也不需要他多么富有，只要他有一颗积极的人生态度，勇于开拓生活前进的方向，勇于承担生活的责任，勇于去改变自己不好的习惯，相信一切都会有转机，会有新的开始，退一步说就是苦点累点，只要相互依偎，相互关心，一样能感觉到平淡过后恬静的生活情趣。

军和艳还继续在网络与现实的氛围里来去地交流与沟通，融合着他们彼此的真情，融合着他们彼此之间心的眷恋，他们期待着很快就能见面。因为在军的眼里，艳就是前生所期盼所等待千年的姻缘，虽然有些迟，但迟到的缘分能更多地去珍惜，迟到的缘分能让彼此之间更多地体验生活中来之不易的潮来潮涌风浪的洗礼，会拥有一个新的人生。新的美丽的情愫

第七辑 旅途中的思绪与怀想

等待着他们去精心地装点以后美好的家园。

在缘分的天空，不要说太早，也不要说太迟，只要我们用心去感受着，彼此真爱着，人生都不算晚。生活的阳光与温情会依然在不同的季节与人生段落里散发诱人的清香，吸引着来来去去的情感归途者去追寻幸福，感悟幸福，在缘分的天空一起去飞翔！

>>>
一个人光溜溜地到这个世界来，最后光溜溜的离开这个世界而去，彻底想起来，名利都是身外物，只有尽一人的心力，使社会上的人多得他工作的裨益，是人生最愉快的事情。
——邹韬奋

在希望中前行

人在旅途

让我更多地去留恋，去珍惜生活的瞬间，弯曲也好，羊肠小道也罢，都是旅途中不可缺少的风景，都会是我们必须去经历去面对的。

　　人生就是一次长途跋涉的旅行，在旅途中，常常走进小径徘徊幽深的小院，常常走进僻静的小巷，走进茂密的丛林里，走进一望无际的海上世界，走进无比荒凉的沙漠与戈壁，还有潮湿着你心的草地。在旅途中，我们困惑，我们也矛盾；我们欢乐，我们也感觉到心灵的苦痛。可我们不能停留，因为人生没有停留，在不断往返的心灵空间，更多地是为了人生更好地行走，也是为着今生能有个更美好的光明前景。

　　在旅途中我们不断欣赏着大自然的风景，有时使自己忘情于山水之间；有时使自己沉醉在那一方角落，不愿意匆忙地去走人生路；有时感觉前路太曲折，人生的坎坷在不停地震荡着我们的心。其实人生更多地是孤独旅行，没有鲜花的陪伴，只有荆棘丛生的杂草与你为邻，将你的心灵刺痛，将你的方向模糊。走进去，我们要披荆斩棘，冲破眼前的迷惘与错落的视线去追寻心灵的光亮。一个人，还是一个人，拖着你渐渐远行的影子，在苍茫中，在辽阔的大地上，走着属于你的悲凉与惨淡的人生之歌。

　　走进光亮里，走进人海里，我们在苦苦地寻找自己仅存的一片空间。很想在行走的间隙能有一次短暂的停泊风景。然而风景在不断地变换，人生的情感也在不停地移位，人海般的世界让我感到陌生，感到距离他们遥

第七辑 旅途中的思绪与怀想

远。是我的心不能很好地融入红尘的风，还是漂浮不定的影踪让别人无法追寻我前行的脚步；是今生无限的落寞情绪去笼罩我的世界，还是生命的感动迟迟没有使我惊醒人生的残梦。在欲罢不能的矛盾的心结里，我总想打开我心灵的扉叶，让温情去渗透，让光亮去浸染，让自然的色彩为我添加生命的华衣。

趟过人生的河流，我们走向更为广阔的陌生。在异地他乡，我们背上简单的行囊，踏上新的征程，凝望着家乡远去的背影，回味着亲人的叮咛与嘱托。旅途在不断地延伸，空间在不断地扩大，回去的路途也会更加的遥远。人生的高度也会有所抬升，走出去，是为了心里更多地调和，是为了旅途中能欣赏、领略到更多地风景，是为了人生不再是单一的人生色彩，也是为了在行走的旅途中真心地感受旅途中的欢乐。

我们的一生都是为了更甜美地感受幸福，而旅途的过程中得到与失去，就像我们走过人生的全程，最终却没有走完你心中的大自然。自然的辽阔，与人生的有限，还有心灵的无限，总在一段段风光中让我们不无遗憾地懂得珍惜生活的过程。懂得今天的快乐，也许在明天的旅途中随着路途的变化使我走进生命的悬崖峭壁之间。尽管如此，高峰有高峰的险要与悬念，也会有你想攀登却攀登不上的人生向往。在生活中，我们会为苦读 20 年的学习生涯去懊悔，在知识的海洋里，我学习了，曾经努力过，也曾经付出过我太多的心血与汗水，最终我还是远离了向往的大学校园，带着内疚与惋惜踏上新的人生旅途。我们也会因为事业的变故，面临下岗与买断不得不放弃以前热爱的事业，不得不选择你新的人生位置。其实人生的旅途充满许多的无奈，我们常对前路感到恐慌，对自我的不自信，还有对纷繁复杂的人生岔道的迷茫而举棋不定。不管多与少，有路还是无路，我们都要见山就去开山，见水就去架桥，在其中，需要我们用毕生的努力去耕耘，去辛勤地为你人生的目的地行进。你的泪水，你伤感的神情，还有你想走却走得如此艰难的步履，都早已经融合在你岁月的皱纹里，那额头深深的坎，正如你人生的千万条路在你生命的旅途中不断地展开，在你人生的年轮里重现。走在平坦的旅途，我们仿佛回到以往的沧桑岁月，也会为今天努力的结果而感到欣慰。

人生的风光都在我们不断延续的旅行里，我们用脚步去丈量心的世界，感受春夏秋冬四季带给我们心的感伤。走在人生旅途中，本来相互结伴走的人,明天也许就再也难以见面。有的是十字路口的分离,有的是人生的永恒归去,旅途就像不断延续的人生传奇一样。我们在不断播种着人生希望,也将自我孤寂的心沉重地留在了你旅途的风景线上,看着亲人的远去,看着情感的突变,看着风雨的零落,看着人生在旅途中肩膀上的负荷在一点点地增多,我们好像看淡了云卷风舒,看淡了潮来潮涌的人生激流。路途中,我们在选择着我们的人生路途,在欣赏着,在品味着那一丝甘甜的余味。

　　生活的路就像人生的梦一样,只有开始,却没有结束。路就在我们的脚下,旅途就在我们每一片心灵的净土里。在其中,我们不小心走进幽深的峡谷,不小心跌入激流里,不小心进入迷幻的殿堂,不小心被眼前看似真实却并不真实的旅途所牵绊,走过一段旅途才发现人生的方向错位,才发现自己专注执着的追求,结果是徒劳无功,从一片贫瘠的土地走向另外一片心灵的贫瘠。当回首往事的时候,我浪费掉的不仅仅是我的青春,还有旅途中的风景,没有赏心悦目地观赏,是我在旅途中太注重旅途的结果,还是人生的功利本来就像诱惑的甘泉使你不断地想品尝;是我不能超越自身,还是人生的风雨使我过多地沉迷其中。走过一路风尘,在心中留下的印痕只有那不多的人生履历与多灾多难的岁月愁绪。

　　人只要活着,就要去走人生路,也会不断地欣赏旅途中的风景,我很庆幸自己一直在走,也在旅途中欣赏着自己,欣赏别人的美丽动人,还有自然深处一切感动与感动的心灵。让我更多地去留恋,去珍惜生活的瞬间,弯曲也好,羊肠小道也罢,都是旅途中不可缺少的风景,都会是我们必须去经历去面对。应该把它当作生命的欢歌,当作人生的苦旅去积淀。此时此刻我又走在人生旅途上,没有鲜花的陪伴,只有荆棘为邻,但我依然在走我生活中最真实的足迹,那会是我们苦乐参半的一生。

　　　　人生一征途耳,其长百年,我已走过十之七八回首前尘,历历在目,崎岖多于平坦,忽深谷,忽洪涛,幸赖桥梁以渡。桥何名欤?曰奋斗。

——茅以升

孤 树

孤树一直存留在自然世界里,以自己不变的情怀还有独有的风骨存在着、繁衍着,不需要惊美,也不需要惊扰。

人生如树,树如人生,人们常说,十年树木,百年树人。实际上人与树都是生命载体,只是以各自不同的形式存在着,在这世界上有千姿百态的树,也会有多姿多彩的人生。树拥有不同的种类,有高大乔木,也有低矮灌木,正如人海中有男人和女人一样,有高的,也有矮小的,有胖的,也有瘦弱的,有高贵的,也有卑微的。不管怎样,都是自我生命的一种延伸,一种人海聚集的风景,终究不过是一颗孤独的幻生幻灭的心灵沉浮在无限的自然空间,如同孤独的树,在一片阳光下,吸收天地的精华,吐露人生的芬芳。生命的树在延续,孤独的影子游走在你我的视线里,交融着,相汇在根深的大地。

孤独的树一直存在于天地之间,一直独立在寒秋的岁月里。没有人惊扰她的宁静,也没有人了解她的名字,她是从何处而来,又最终回到何处,在寂寞的深处,她打开她无比宽广的胸怀,如伞一样地张开,我知道她在为自己遮挡自然的风雨,也懂得她很想在根的不断伸展中,牢牢地把漂泊的心留住。她需要存活,需要展示自我的风景,能让自己安定,使尘

世的风云不再将她吹向那遥远的人生陌途。

从孤独中来，最后又回到孤独的世界中去，在孤立的心境里，孤独的树一直渴望着生命的春天。她不愿意成为朽木让自己形容憔悴，也不愿意成为自然的废弃物散落在无边的黑暗里。在春天，孤树可以重新绽放绿的生机，也可以将自己的枝叶在春的气息里不断地吸取新的阳光、新的营养，她喜欢随着天地的变化舒展着初生翠绿的嫩叶，也喜欢静静地聆听鸟儿在树梢上唱着动听的歌谣，来给予她更多地心灵的抚慰，更喜欢来去的游人在她的身边小憩徘徊，真心地欣赏，环抱在她的怀抱里，轻轻地走近，静心地触摸她的灵魂，她想走却永远也走不出一个人的世界。

在茫茫人海里，我们何尝不是一棵孤独的树，来时悄无声息，去时如黄花般寂寞。其实孤独一直伴随着人的一生，丰富着我们的内涵，我们带着各自的人生步履，带着各自不同的人生故事，带着各自不同的人生色彩，在不同岁月的地平线上孕育着多变的人生情趣。

在沙漠里，在草地上，在田野旁，在河流的两岸，我们时常看到那一棵树永久地停留在那里。我时常想，要是有另外的一棵树去陪伴她该多好，至少可以根生连理，至少可以抵御自然无情风雨的侵袭，至少可以相互欣赏那份美的孤独，和孤独中相互感受到的韵味。

人生也是一样，我们有时不得不在一定的时间与空间里将自己心灵的家园珍藏在那一片不被人知的角落。其实作为每一个热爱生活、融合大自然的人来说，都非常渴望能有一个人牵手，能有一个真心的人靠近，有时自我寥落的心不能与之共鸣，有时哀婉与惆怅不能与人去分担，有时多少次失败过后不能正确地面对别人，有时无法打开欲望的锁链而解不开矛盾的情节。在自我的世界，自己犹如人生舞台中不断变换的角色，是知心爱人，是自我的朋友，是亲人，还有为自己去疗伤的心理医生。你是一棵参天大树，虽然还没有人轻轻地走近，虽然还没有人明白和懂得你内心世界的丰盈，但总会有那么一天，你会傲然独立于天地之间去舒展你美的空间和缤纷的梦。

我们无时不在滚滚的红尘里走，今天的孤独，并不意味着明天的冷清

第七辑 旅途中的思绪与怀想

与寂寞，今天的惨淡也并不意味着明天的再度失去，我们也许不仅仅是播下孤独的种子，我们还会延伸我们更为广阔的心灵空间。那一片片森林，那幽深的原始丛林，不就是通过一棵棵孤独的种子置身在大地的温床里组成的吗？在阳光中，在和煦的春风里，一切都已经成为美丽的大自然。

孤树一直存留在自然世界里，以自己不变的情怀还有独有的风骨存在着、繁衍着，不需要惊羡，也不需要惊扰。她一直根深叶茂地成长着、成熟着，也许终会有一天她会老去，但她的根已经深深地投入到深情的大地里，已经完全融化在大自然，她会依然从孤独中走来，最后又回归到孤独的世界中去。

人生总会与孤独为影，与荆棘相伴，但我们心存高远，心灵的世界与大地、与天空相互衔接。我们的孤独，我们的苦痛，会在大自然中更多地去交替，去真心地融合。

我喜欢孤树，她是我心灵的写照，我喜欢她的高大，也喜欢她的矮小，更喜欢她独立于尘世的风景里，为我遮挡着生命的风雨。我俨然成为一棵孤树，在融合人海的风还有人海的雨，我成为一片自然。

无论在什么样的社会里，一个人的理想，是为了多数人的利益，为了社会的进步，对社会生产力的发展起了促进作用，也就是说，合乎社会历史的发展规律，就是伟大的理想。

——陶铸

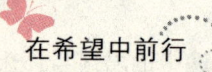

在希望中前行

夜的呢喃

在自然的深处，在夜的诡秘中，午夜钟声敲响时，黎明的曙光到来时，我感到夜色中的模糊与朦胧实则是前尘往事的视觉暂留，终归有一天我们会迎来新生活的光明，会迎来我人生的春天，我冥想着，苦苦地思索着，我已经走过了生命的黑暗。

人生的白昼与黑夜相互交替，构筑成人生的轨迹，在滚滚红尘里我们一路奔走。累了，却不能歇息，苦了，也只能自我排解与宣泄。然只有在深夜朦胧的月色中，才能找回到自我的影踪，那是举杯邀明月，对影成三人的思念；那是夜来风雨声，花落知多少的人生嗟叹；那是日暮苍山远，风雪夜归人的等待。在无数个夜的孤寂的黑暗里，我在寻找着心中的光亮，寻找着属于自我落寞的根源，寻找着那曾经的旧梦，是否会在夜的阑珊中泛起更多心的涟漪。

黄昏日落，彩霞满天，那是夜的前奏，那是光与影的沉淀与升华，但我已经习惯夜的呢喃，习惯在华灯初上的夜晚，去看万家灯火，去走向深深的夜的归途，那是随心，那是随缘，那是黑夜中独守心中那一盏明亮的灯塔，走出自我尘封的世界。在夜色中，我能感受到天空中朦胧的月光，在伴随着我孤单的影子行走；也能感受到林子中的小鸟在对我唱着动听婉转的小曲，虽然我很难懂得它们在说些什么，但我知道，在夜的世界里每一份动感的音符都是耐人寻味的。走向更远的空旷寂寞中，我感觉自身的渺小，也感觉到自我存在的真实，也能深深体会寂寞之声，往往来自于自我世界那份心的骚动和不平静。

在我迷惘的时候也惧怕黑夜，它让我看不到方向，让我感觉到恐惧，让我更多地体会孤独。但我已经深深地走过，那是对曾经爱人的思念，是对过去旧梦的怀念，是对成功与失败的感叹，是对前途的沮丧，和对未知世界的渴望与神秘的怀想。在寂静的天空，我好像已经走过千百回，却怎么也无法回到从前的路，一个人，还是一个人，走向深邃的大地，走向万千归依的心灵的旅途中去。

我曾经也非常喜欢温馨的夜晚，那是渔歌唱晚的江边陪同心爱的人去散步，那是在洞房花烛夜与爱人的欢喜与缠绵，那是与同学朋友的举杯同庆团圆的快乐，可这一切都随着岁月的流逝，淡淡如一江春水向东流地将自我洗涤、磨砺。我感觉不到真实的我的存在，而是懂得了刻意掩饰着内心那一份所谓的自尊与苍茫，我还是我，可我找不到我了。

这么多年我一直在夜的黑暗中找寻心中的一点点温存，那是对亲情的融合，也是对自我落寞岁月中一种心灵的抚慰。宁静的夜使我有更多的心情回味我的过去。也让我更多地期盼我的未来。每每看到儿子在灯光下陪伴着我，我感到我的爱在延续，我感到生命中还有更多地精神寄托让我依靠，也让我深深地感到生命中还会有更多更有意义的事业让我去做，让我真心的领略与感受，我寂寞，但我会不再孤独。

在夜色中我总会去漫步，漫步我熟悉的小道，漫步我踌躇满志的身影。在皎洁的月光中，我仿佛听到伊人在歌唱，仿佛听到青鸟在欢笑，仿佛听到山中的小溪在潺潺地流向沟壑不平的山涧。在柔和的月光中，我心灵的影子始终在伴随着我，不离不弃地追随我，偶尔我也会将心爱的吉他带在身边，轻声地对着空旷的夜弹奏我心灵的旋律。有时不需要别人的聆听，也不需要别人的关注，更不需要担心恐慌会笼罩着我的世界。因为在夜的世界，我能擦亮我心灵的眼睛，我总能在有为与无为中拨弄我命运的五线谱，在音韵的和谐声中，我随着时光的岁月去奔走我人生坚强的步履，并为之留下我感动的潮汐，还有我那让人似懂非懂的呢喃，一起融和

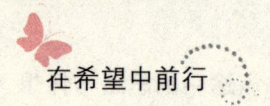

在春江花月夜的波浪中。

沉静在夜色的呢喃中，使我感到清新，使我有一种新的人生趣味，让我更多地思考我的人生，更多地走好我以后的路。但我依然会时常地放歌，去轻轻地歌唱，因为我一直都热爱着生活，深深地留恋这片富饶而充满神秘的土地。在自然的深处，在夜的诡秘中，午夜钟声敲响时，黎明的曙光到来时，我感到夜色中的模糊与朦胧实则是前尘往事的视觉暂留，终归有一天我们会迎来新生活的光明，会迎来我人生的春天，我冥想着，苦苦地思索着，我已经走过了生命的黑暗。

今夜我依然走在夜色中，我看到了华灯初上的城市的人流，也看到了前进中的光亮，更让我看到了在风光中我融入在人海的世界里，在和无数可爱的人儿一起追赶着月色，一起感受美妙的夜的畅想曲中那心中的呢喃，那人生的渴望，那生活的无限的热情，都随着我们心灵的旋律延绵在遥远的海的世界。

>>>
我以为人们在每一个时期都可以过有趣而且有用的生活。我们应该不虚度一生，应该能够说，"我已经做了我能做的事"，人们只能要求我们如此，而且只有这样我们才能有一点欢乐。
——居里夫人

想你，请让我静静地看你

在那不老的东方，我看见青春的火焰在燃烧，我看到飘逸的长发，我看见你独自行经的梨园，我轻轻地敲打，我不愿意惊醒你沉睡的心灵，我不愿意让泪花潮湿在你孤寂的岁月。

想你，在每一个夜晚的寂寞时刻，我独自一人点燃一支烟，在岁月的空间凝望你飘来飘去的影踪；想你，在每一个晨风拂过的黎明，我等待着，你像一阵春风温柔地站在你我的空间，芳香飘满来去的路途；想你，是梦魂萦绕，是手指的烟圈早已经划过心灵的琴弦，在无声与有声和谐的音韵世界，你我在默默地感念，那一段旋律，那一段叫人想流淌却永远想停留的生命的溪流；想你，就是想让我静静地看你，在你百般柔情，仪态万千的影动的美丽的风景里，使我真心地留恋，真情地留住彼此之间的距离。

想你，划破我心灵的黑暗，在光亮的世界中游走在我渴望的人生旅途上，那一段长长的路，有你真心的陪伴，有你长久的注视，有你温馨的呢喃和心中的祝福。你如同乘着浮云悄然地走到我的眼前，给我惊喜，给我千年的回望，我不愿意回头，我愿意长久地沉醉在你的芳心里，拨弄你心灵的潮汐，那潺潺的流水，像你滋润的心田，像你妩媚的身段，弯曲环绕

在地平线上，流向彼此心灵的海洋。

想你，请让我静静地看你，看你对我的一往情深，看你纯净的眼眸里闪动着生命的泪花，我知道你想走，也知道你想停留，却只能在朦胧的月光中，伴随着温柔的光，将你的万千柔情尽情地洒落在我的世界里。

你是雾化的山林，你是舞动的仙女，你是翠绿的芳草，你是世间旷野的玫瑰的花瓣。在我的远方，在我心的空间徘徊、驻足、融合，我时常在梦中发现自己轻柔地飘摇起来。在那不老的东方，我看见青春的火焰在燃烧，我看到飘逸的长发，我看见你独自行经的梨园，我轻轻地敲打，我不愿意惊醒你沉睡的心灵，我不愿意让泪花潮湿在你孤寂的岁月里。

在孤独的岁月里，海燕真心地走进了我的生活，海燕是我真心欣赏和爱恋的女人，很遗憾，我们现在还没有能真正走在一起，但海燕时常对我说："我是你的，我这一生将会永远陪伴在你身边。虽然我们相隔遥远，但我会让你静静地欣赏我，不需要别的风景调和，也不要世间的风雨洗涤，只需要你，你专注的眼睛，你执著而深情的守望，我的一生是让你去欣赏，去长久地凝望。我希望我永远是你心中的故事，是你爱的传奇和感动，希望你能完全把我融合在你的心里，希望尘世的变迁不会因为时间和空间消磨我们永恒不变的眷恋。"

思念如风，在风中，我乘着爱的翅膀徜徉在她新生活的家园，然而我更多地折了回来。海燕曾对我说："虽然我现在不在你的身边，但我的心已经完全与你交融在一起，你会静静地看我，欣赏我，你懂得我暂时不在你身边就是为了以后能更好地在一起，你应该懂得暂时的分离是为了以后更好的团聚，让你全身心地融化我，诠释我，我走了，我会回来的。"

想你，是无日无夜的期待和守望；想你，是孤独的灵魂在寻找心灵的归宿；想你，是为了一生追寻的梦话，是为了前生相约的缘分；想你是划过一万年的等待在彼此今生的世界里得到一个真心，一个爱河永恒。

第七辑 旅途中的思绪与怀想

　　亲爱的，请让我再一次静静地看你，请让我的双眼流淌在你涓涓的溪流里，在自然的世界，在缘分的空间，永远地展现你不变的情愫，在我们彼此的凝望里走过我们生命的千年。

>>>
　　有经验的老人执事令人放心，而青年人的干劲则鼓舞人心。
　　如果说，老人的经验是可贵的，那么青年人的纯真则是崇高的。
　　　　　　　　　　　　　——培根

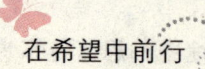

在希望中前行

船之旅

我冥想着到达彼岸的欢颜，到达彼岸的成就感，到达彼岸的稳定与心灵的足迹的不断延伸，我在自我陶醉，自我在旅行中与心灵的船融为一体。

　　船行驶在江面上，江面时而宽阔，时而狭窄，还有在江底里隐藏着暗礁险滩，以及无法预料的漩涡，都在船航行的旅途中呈现。因而世界上没有坦直的河流，弯曲的河流，构筑成船在江湖里行走的轨迹，终点也会是起点，起点也成为终点。船的一生是为了停泊港湾，人生亦如此，在江湖里行进，在远方看到的驿站，码头，旅店，桥头。走近了，很想停留，却不知道最终将泊于何处，前方的风景更为壮观，前方的河流也更为开阔，投入其中，便是波涛的一生。

　　船始终离不开江河，她无法去选择江河，只有忘情于江河，只有义无反顾地向前走去，不进则退，不浮便沉没在江底。船犹如鱼儿离不开水一样，船选择了江河，就已经为她行驶的轨迹圈定她生命的始终，出世也是入世。入世便是超脱自身，在江河的湖面以自我的轻盈浮游在湖面，然在漂泊的过程中，你不小心触礁，不经意地搁浅，都是旅行中必须要承受的。船虔诚地祈祷自己在波浪的急流里能得到暂时的心灵平和，希望自我在旅行中能顺利到达航行的终点，平安是福，一帆风顺的人生信条一直支

第七辑 旅途中的思绪与怀想

撑着船充满着无限的希望遨游在孤独的湖面上，有时感叹自我的生命究竟是操纵在自己手里，还是掌控在水手的手里，唯有在自然凶险与人生凶险里自我左右化解，左右去冲刺，来寻求自我寥落的心灵安慰。

在江湖里，那遥远的征途阻隔在朦胧的烟雨中，那层层的迷雾，让船看不到航行的方向，恍惚间自我投影在迷雾中，消失得无影无踪，我只有去等待，希望心中的阳光将我周围的迷雾早日驱尽。在迷蒙的世界里，我如同雾中的花，沾染着水的潮汐，在一波未平，一波又起的汪洋里沉沉浮浮。我依偎着水，水承载着我，转来又转去，我欣赏着风景，我成为了风景。

小的时候我随着父母颠簸在希望的江湖的船上，在行进的人生之旅中，船成为了我来来去去的港湾。记得有一次，我与父母搭载客船在看似平静的江面上行走，我随着船在开阔的江面欣赏来去的船只，还有天空中翱翔的飞雁，幼小的心灵得到无限的遐想，我感觉走在江面上，在亲吻着水的柔情，在激情着舞动的潮汐。我随着风，随着身体的跳跃在船栏上呼吸着新鲜的空气，突然发现船头一沉，听到船头螺旋桨"喀嚓喀嚓"的声音，我惊恐地跑到母亲的怀里，我问妈妈："船怎么啦？"妈妈用温暖的双手抚摸着我说："儿呀，别害怕，这应该是船搁浅了。"我问："那怎么办，我们还能走吗？不能走就麻烦了，这前不着村后不着店的水里。"妈妈动情地对我说："会好的，过一会儿就会好的，你知道吗？船在江湖里行走，搁浅很正常，就像我们人生一样，不可能都是人生的坦途，也会有曲折、坎坷的山路，更有深不见底的山谷，这是自然的现象，是无法逃避的，但我们可以尽量避免，尽可能少走弯路，使自己的人生路顺畅点。但真正遇到了，我们也不要心生恐惧，要知道一切困难都会有解决的办法，只要我们沉着冷静，积极行动去应对，就一定能走出这困难的境地，使自我的旅行重新扬起生活的风帆。"果然如妈妈所预料的那样，船终于离开浅滩，走进更广阔的江湖。

人生的船一直行进在江湖，坐在希望的船里，我们会有很多的希望，也会有许多美好的情愫。在不大的船舱里酝酿，有时就是一坛美酒，让我们感受她的芳香，感到她前行的巨大魅力，她承载着我驶向希望的彼

在希望中前行

岸，让我闻着不醉，醉着不倒，我冥想着到达彼岸的欢颜，到达彼岸的成就感，到达彼岸的稳定与心灵的足迹的不断延伸，我在自我陶醉，自我在旅行中与心灵的船融为一体。

然而有的时候船又是苦涩的酒，犹如生活中的苦痛一样，在快乐中的短暂停留，在水里，在长途跋涉中，我还是看不到心灵的岸；在漫长的等待与煎熬里，我独自仰望着天空；在水天一色的世界里，我还原着我的孤独，我的寂寥，还有我的惆怅。我一个人行走在江面，旅行的船装载着我的失落梦，在失落的空间里我寻找着苦涩的甘甜。

人在任何时刻都是用希望支撑自己的前进之帆的；奢望，则往往会让人以失望告终；而期盼，是怂恿也是督促。但遗憾的是：时间到了，船还尚未到岸。

生命的船最终会走向无限的海上，然而有时候我们不能看到生命的全部风景，也不能在旅行的过程中尽情地浏览你所看到的最为壮观的风景，有时来得很快，有时缥缈若纱，有时来到了我们却不得其解，其实我们的一生都是为了心灵的靠岸。船之旅，实际上是我们每一个人心灵的旅行，岸未到，我们心灵的船一直在我们的人生的旅途中漂荡，淡淡地走过我们的一生。

融化在江湖，我看到了千帆过尽的船还在江湖里行走着，丈量着她心灵的世界，终归有那么一天会到达她希望到达的彼岸。

等到自私的幸福变成了人生唯一的目标之后，不久人生就变得没有目标。

——罗曼·罗兰

汽笛一声走天涯

汽笛一声走天涯,我们经常伴随着生命的站台在火车来去的行进中,行走我们人生的方向,汽笛成为我们心灵交融的乐章,成为我们行走天涯爱的心灵呼唤,一路走好!我还会回来的!

　　汽笛一声肠已断,从此天涯孤旅,生命就是一次长途跋涉,孤单的影子经常伴随着寥落的自身走向更广阔的空间。为了生活,为了情感,为了生命存在的意义,我们不得不离开熟悉的故乡和亲人,伴随着汽笛长鸣,伴随着心与心的牵挂,伴随着时光丽人的回望,慢慢地走远。此时此刻,彼此的心早已经融化在泪水交织的站台,挥一挥衣袖,挥一挥天地无法浓缩的旅途,肝肠已断,那远去的风景定格在各自的灵魂深处,在相互衔接。

　　海燕是我生命的伴侣,认识她一年多了,可我们一直两地分居,我时常对她说:"你能不能早点回来,我好盼望我们早点生活在一起。"她总是深情地对我说:"会的,我会很快回到你身边,工厂的合同还没有到期,等今年年底我们再也不分开了,行吗?"我只好无奈地点头。我知道海燕是一个事业心很强的女人,在我看来,能独自在陌生的空间工作生活,作为一个孤单的女人实属不易,天涯好走,可寂寞难断。海燕真情地对我说:"能拥有你是我的快乐,这么多年,一直在纷繁复杂的尘世中来去奔走,孤独的心早就很想靠岸,岸在何方,岸其实就在我们的心中,就在我

们彼此缘分的世界里。"

惊闻海燕中秋节之前就回来和我团圆,我迫不及待地等待着她的归期,等待着可爱的人儿乘着晚来的风吹拂着我潮落的心,我好想得到她对我心灵的抚慰,能得到她真心的关怀,能得到她的拥抱,我忘情地冥想,那相逢的一瞬,那永恒的回味!

明天海燕就要乘着南来的火车来到我的身边,我的心儿伴随着飞驰的火车与海燕融合在一起,我们通过 QQ 聊天,相互关心,真心的牵挂。我问燕子:"你是否还是如往日一样的漂亮,你是否还是如往昔一样爱我,你是否还记得我们曾经走过的小道,你是否还记得我们徜徉的爱河。"燕子会轻柔地告诉我:"记得,你对我的好我永远铭刻在心,一直沉淀在我的心海世界里,你永远是我的牵挂,你永远是我心中的港湾。""哈哈!"我开怀地笑了,"彼此!彼此!这一路你多保重!我们很快就要相逢在一起了。"

清晨我伴随着晨雾的风走进空旷的站台,我在静心地等候着她的归来,人生经常等待,等待是一个未知的过程,等待也是一种结果,我们在相逢与分离的岔道经常来回地摆渡,经常为了一个方向追寻另外一个方向。那长长的轨迹,那长长的人生步履,有时不是来得太早,就是来得太迟,我现在已经习惯汽笛长鸣的声音,汽笛是旅行的序曲,也是天涯游子呼唤归来的心灵的颤音,在来回的站台我行走着我内心的方程式。一会儿,我听到了从远方传来的汽笛的声音,我知道火车马上就要停站了,我伸长着脖子,在风中,在新的氧气里,在情爱的元素里,我在交融,融合心中的那一片芳草地。

燕子走下车来,我看到她还是像以前那样的可爱,迷你浓缩的身材,在夏日炎炎的季节里显得更加矫捷、奔放,墨镜下掩饰不住一双多情的眼睛在站台搜寻着她的亲人,她的爱人,她熟悉的风景。我禁不住内心的狂喜飞奔到她的身旁,毫不顾忌跟她深情地拥抱在一起,我看见她感动潮湿的泪水在深深地凝望着我,在爱的呼吸里,在梦幻与现实的交织下,为了燕子真情的告白,她流淌着她心灵的旅程,她流淌着千万年隔不断的思念。

我喜欢和她一起的感觉，我喜欢和她散步，一起去郊外欣赏自然的绿色，喜欢去柳叶湖倾听浪花的声音，喜欢在太阳山的脚下，行走我们爱的旅程，更喜欢她为我吟唱心中的恋歌，还有那倾心的咖啡屋里相互注视，相互投影的心波。在柔和的光芒里，在朦胧的夜色中，我们的心在苦味的甘甜里浓缩、融合，我听到她心跳的声音，我感受到她对我放射的电波，让我激动，使我亢奋，我们定格在永恒的瞬间。

时光在穿梭，越是美好的，越会是短暂的，人生的聚散就在饭后茶余温情的片刻慢慢地堆积，堆积着我们累积的情感，堆积我们无限的思念。海燕对我说："这次回来有十多天，我的假期就快要到期了，但我们的假期永远不会到期，亲爱的，我好舍不得你，可我还是要离开，现在的离开就是为了以后我们能长久地在一起，我相信你能懂得我，就像懂得日月一样，总会有相互更替与变换的过程，但我们心中的爱会比日月更加绵长，比时光更加持久。"我真心地点头，心中的苦味在浓浓的红酒里燃烧，倾泪……

明天她又要走了，海燕不要我送行，她说："最怕看到离别的车站，最不忍看到伤情泪分离的场景，我最不愿听到汽笛一声，从此走天涯的心灵感味。"我看到海燕欲语泪流的表情，我安慰她道："人生总有分离，那长长的距离里能增加我们更多地情愫，也会增添我们更多地人生色彩，分离是短暂的，而相聚却是永远的，不要伤心，也不要落泪，万川归大海，我们会真心地融合在我们的心海。明年我们不就可以永远地生活在一起了吗？"她轻轻地点头，泪水已经撒满了她潮湿的心灵世界。

我把她带上的士，我看到海燕透过玻璃窗在不停地对我挥别，我也黯然泪下，模糊我的双眼，模糊我可爱的丽人，在柔柔的风里，我看不到她了。

走进屋里，我遥望窗外，心却随她远走天涯，我放心不下她，我觉得我应该为她去送行，当我骑上电动车走进熙熙攘攘的人海的候车大厅时，可我找不到她的身影，我感到空旷的大厅之中只留下我的身影在空气中来

在希望中前行

回摆动。我听到候车大厅的广播里传来驶向南方的火车马上就要开车了，我急忙冲进站台，在火车缓缓地行驶中搜寻海燕的身影，搜寻我心灵的方向。我看到海燕坐在前方的车厢里伸出身子在向我招手，我拼命地跑，却怎么也跑不过火车急驰的脚步，我看到了她的泪，她美丽的身影，看到了她内心的孤单，还有她内心的感动，还有无限的眷恋，都和火车的轨道一起走向心灵的归途。

汽笛一声走天涯，我们经常伴随着生命的站台在火车来去的行进中，行走我们人生的方向，汽笛成为我们心灵交融的乐章，成为我们行走天涯爱的心灵呼唤，一路走好！我还会回来的！

>>>

一个奇怪的、虚荣心十足的、令人生厌的女人！我看我实在无法喜欢她，除非是在汪洋大海中的一只木筏上，见不到其他粮食的时候。

——马克·吐温

第七辑 旅途中的思绪与怀想

站在思念的两端

思念的那一端静心地凝望与注视,给她一个爱的家园,给她一个温暖的空间。因为莎需要风这样的男人真心地抚慰与关爱,因为莎的生命里无时无刻都要有风的存在,那是春风,那是晚来的风,风已经吹过,但风还会吹起。

  思念是一首无言的歌,想去聆听才发现路途遥远;思念是断了线的风筝,真想去衔接,却又攀爬不上天空;思念又是人生的旅途,走过了一段却又回不了头;思念是一汪清澈的甘泉,甜在水一方,凉淡在心中;思念是感情的体味,每每追寻都会是心中的痛;思念是你看不到我,我也找寻不到你,在空空的寰宇里独自斟酌心灵的苦酒;思念又是天空的满月,照亮这头,又光亮在那头;思念是没有思念的思念,却还在思念的感味里沉醉。

  站在思念的两端,你会为远走他乡而增加许多的乡愁,也会为思念的空间里不能承载你的身心而去踏遍你所热爱的土地而使你倍感孤独。站在地平线上,站在陌生的境地里,你在找寻着你心灵的琴弦,静心地演奏着你华美的音符,在空中随着你波动的磁场在彼此的距离里回环。你会感觉到距离很近,而心的距离却愈加遥远,是现实的屏障将彼此的柔情遮挡,还是尘世的风沙将彼此掩埋?站在遥相呼应的起点和终点,穿梭在过去与现在的时光隧道,风在轻轻地聆听你心中的故事。

在希望中前行

风来自遥远的闽南山区，而莎来自洞庭湖畔的一个小村落。风英俊潇洒，朴实大方；而莎亭亭玉立，美丽端庄。他们迎合着时代的潮汐，在同一片蓝天下邂逅，其实世间的事就是这样，偶然与必然相互交织，相拥与分离相互交叉，来来去去，能留下的只有心中无限的情思与无限的怅惘，在思念的两端来回地追寻，而彼此之间却愈加遥远，已经无法去找寻。多年过去了，莎经常回味着风带给她的消息，还有一生也无法去弥补的遗憾，在沉沉的思念里，莎想起了从前，想起了那过往的风。

在那个时候，莎很投缘地和风在南方一家公司一个部门上班，风是莎的部门主管，莎是电脑文员，由于工作关系使他们对彼此的性情有更多地了解。风如一缕春风给予莎以心灵的抚慰，在工作上无私的关心照顾，使游离在异地他乡的莎倍感亲切，闲暇时候风会和莎一起去海边散步，一起去欣赏海的潮汐，他们走在沙滩上，走在无垠的海岸上，心随着海上的波浪此起彼伏。风很想靠近莎，但总感觉到彼此之间还有很长的距离去走，风陪伴在莎身边就像一棵参天大树，带给莎安全，带给莎更多地温情浪漫。风对莎说："我很想是你心中永远停留的风，在你的芳心里，在你的港湾轻轻地吹拂，柔和地释放我对你的关爱，对你无限的眷恋。"莎笑着说："风，在这海上，你是不是找到了你心中的贝壳，我如同最不起眼的贝壳，你会为我装点我的美丽吗？""会的，一定会的，我会永远去珍藏，精心地装点我爱的梦缘。"

在以后的岁月，他们很幸福地生活在一起，在短暂的生活家园里，风把自己全部的爱给予莎，工资全部交到莎的手里，莎感到歉疚地说："我们还没有正式举行婚礼，你就这么相信我，还有我的家人。"风动情地对莎说；"不管你以后对我怎样，我心甘情愿地为你付出，因为我爱你，爱是没有理由的，至少在我们相拥的岁月你带给我一生的感动，我很想很企盼你父母能赞成我们生活在一起，毕竟我们是真心相爱，他们应该不会将我们分开。"莎微笑地点头，幸福的泪花情不自禁地洒落在缘分的空间地带。

实际上人生的婚姻都是把握在自己的手里，莎带着对幸福家庭的渴望与畅想回到家里,当她把自己的想法和父母说,遭到父母的坚决反对。母亲对她说:"他在福建,而你在湖南,相隔这么遥远,还有你对他们家了解吗?你会习惯他们那里的生活习俗吗?再说,我们把你养大成人,也很不容易,要知道,假如你们真的成家了,我们看你们一次都不容易,我今天还专门为你们编排一下你们的属相,觉得一点也不相匹配,你就打消这个念头,如果你真的要和他在一起的话,以后你就不要认我们了。"莎委屈地哭了起来,在家里,莎的心早已经跑到风的身边,她的心中感到苦痛,一边是父母,另外一边是心爱的人,都是自己至爱的人,可谁也不愿意舍弃。莎不忍对风说明真相,只是在电话里对风说:"风,我很想你,也很爱你,可我现在不能马上回到你的身边,如果你能等待的话,就等我几年吧。"风很焦急地说:"怎么啦?是不是你家人不同意我们在一起。"莎凝咽地说:"风,只能这样,以后再看吧。"说完,莎把电话挂断了,泪水早已经潮湿着她回家的路。

最终莎经不起父母的软磨硬泡妥协了,在亲友的撮合下,莎不情愿地找了一个并不相爱的人结婚,但在莎的心里总是放不下风,同床异梦,没有情感的生活让莎感到无限的悔恨,过了几年,实在无法忍受的莎终于从婚姻的牢笼里挣扎出来。此时此刻的莎已经没有了以前的那般容颜,但也没有失去娇美,对着明亮的镜子,莎心想,远方的风是否还能如往昔一般地真情地守候呢?莎感到惆怅与迷惘。

莎离开让她伤感的家,带上简单的行李去了福建,她很想在这片令她梦萦魂牵的领地能找寻到风的踪迹。她时常打听,可惜时隔多年,莎只知道他居住的地区,却不知道他具体的家庭住址,莎心生无奈,茫茫人海里难道我们真的只有彼此心灵的碰撞,就此分别了吗?爱一个人容易,为什么守住一个人是这样的难,站在思念的两端,看着前方风起云涌的人群,凝望着前方陌生的旅途,那么美的风景,那似曾相识的背影却逐渐地模糊,淡淡地消散在无边的旷野里。

莎还在真心地守候风的来临,为她曾经的悔悟,为她曾经的沧桑与变迁,为她曾经的优柔寡断,还有她性情的软弱,使她过早地体会到情感的

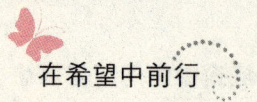

在希望中前行

孤独与落寞，思念就像叶片在剥离着根深的主干，一片片地滑落，飘向遥远的陌途，飘向风心灵的湖里。

站在思念的两端，莎走过去，又绕回来，在缘的轨迹里拨弄着她心灵的旋律。希望风在思念的那一端静心地凝望与注视，给她一个爱的家园，给她一个温暖的空间。因为莎需要风这样的男人真心地抚慰与关爱，因为莎的生命里无时无刻都要有风的存在，那是春风，那是晚来的风，风已经吹过，但风还会吹起。

时间是由分秒积成的，善于利用零星时间的人，才会做出更好的成绩来。

——华罗庚

后 记

  当我把这部散文集整理完毕,我感慨万千,非常感谢自己能有此机会进入文学的殿堂去亲身感受文字所带给我的无限遐想和理想的空间,使我沉醉其中,不知道回返。这么多年,孤单的我一直用手中的键盘敲击心灵的文字,时常无法分辩是在对自己说话,还是在对着冥想的天空低语?是在寻找着灵魂的寄托,还是在追寻难以释怀的心里久蕴的情感?但我每天都在充实着自身,在残缺中去完善自我的遗憾,也许遗憾对我是一次心灵深处痛苦的短暂停歇,正如我在茫茫人海中找寻我的知音,我的人生伴侣一样。我找到了,我未曾找到,一切都在心中,一切都由我手中的键盘去划落我的哀怨与愁绪,去诉说我失去与不失的彷徨与矛盾的情结。

  《约会一场雪》这部散文集终于就要投稿了,相信以我对文学对人生执著、虔诚的心所舞动的生命的旋律,一定能让更多地人感染、聆听我心灵深处那美妙的音符。希望在漫步人生中,在这一段又一段人生的脚印里,能感受到更多地人生色彩,也能激起读者更多地共鸣,把这部散文集看成是一杯浓香郁郁的清凉茶,慢慢地品味,细细地斟酌,深深地亲吻漫步人生路中所带来的清香,带来的自然的余味。

  人生就是不断感悟提纯自我的过程,融合在散文的人生哲理之中,我仿佛走进深邃的大自然,我好像走向遥远的人生归途,我好像每天与春风细雨融化在一起,我不知道来来回回的疲倦与困惑,我只知道在文学的事业里我能真心地遨游,去书写我心中的故事还有我的人生,我能让更多地

人得到灵魂的净化与启迪。

《约会一场雪》有七十多篇文章,在这些文章里,我们可以从不同的角度和层面深深地体味自然、人生、情感,还有生活的感悟,犹如进入人生的大观园,尽情地浏览与欣赏那其中的美以及真实的情感。实际上我们每天都行进在人海中,我们每天都在漫步自我的心灵足迹。那空中的云,还有远方的山林,还有前方潺潺的溪流,都会是你生活中的全部风景,也都将赋予你真实的思考和感悟。她们和我一起都是有生命的,就像散文一样永远留住在我的心中,在文化的传承里也是经久不衰,代代相传。

从事文学这么多年,非常感谢我的母亲将我从一个懵懂的少年带向成熟,是她给我亲切的关怀;是她教给许多做人的道理,是她让我真实地感受到人世间最真挚的情谊;还有我很多很多的文学老师,他们就像燃烧的蜡烛,在光亮着我,燃烧着自己,在这里面,有湖南省作家论坛的斑竹江建秋老师,还有冷凝老师……太多太多的感言,太多太多的情思,都汇成心灵的大海,我融入大海,我找寻着我生命的波浪,我随着他们走向遥远的世界,我随着他们走进文学的海洋深处,我成为了我自己,也成就着我真实的人生。

每当宁静的夜晚,我会静静地坐在电脑旁,品味我心中的故事还有我的人生,自然就会想起我最尊敬的老师作家施晗曾对我真情地说:"人生在世,总是苦乐相伴、得失相随、鲜花与荆棘丛生。因而一个人,不在乎你为了什么、有了什么,而在乎你做了什么,或许这就是凡人,这就是人生。"